dtv

Reihe Hanser

Im Buch *Phenomena* steht geschrieben, dass zwei Elfenkinder kommen und ihr Volk aus der Knechtschaft der Murtokks und der Herrschaft Tarkans befreien werden. Aber können das wirklich Ilke und Alak sein, das ungestüme, abenteuerlustige Elfenmädchen und ihr nachdenklicher Zwillingsbruder? Tarkan ist davon überzeugt und entführt die Kinder in sein Schloss, um sie endgültig loszuwerden.

Ruben Eliassen, 1968 in Trondheim, Norwegen, geboren, brach nach der 8. Klasse die Schule ab, um sich zunächst als Comic-Zeichner durchzuschlagen. Mit 18 Jahren ging er nach Oslo und hat sich seitdem als vielseitiger Illustrator u. a. für Sachbücher für Kinder, Fantasy, Krimis und CD-Cover einen Namen gemacht. Selbst Vater von zwei Kindern, engagiert er sich stark für die Belange der Kinderliteratur und bemüht sich, durch seine Texte vor allem leseunlustige Jungen zum Lesen zu bewegen. Durch seine »Phenomena«-Reihe gehört er mittlerweile zu den bekanntesten Kinderbuchautoren Norwegens.

Ruben Eliassen

PHENOMENA

2. Buch

Das Auge des Parados

Aus dem Norwegischen von
Sabine Richter

Deutscher Taschenbuch Verlag

Ruben Eliassen in der *Reihe Hanser* bei dtv:

»Phenomena – Die Auserwählten der Prophezeiung« (dtv 62397)

Die Übersetzung des Buches wurde gefördert von NORLA.

Das gesamte lieferbare Programm der *Reihe Hanser*
und viele andere Informationen finden Sie unter
www.reihehanser.de

Deutsche Erstausgabe
In neuer Rechtschreibung
September 2009
Deutscher Taschenbuch Verlag GmbH & Co. KG,
München

Titel der Originalausgabe: ›Phenomena. Parados' øye‹
(Gyldendal Norsk Forlag, Oslo)

Umschlaggestaltung: Eva Schöffmann-Davidov
Innenillustrationen und Karte (S. 316/317): Ruben Eliassen
Gesetzt aus der Meridien 11,75/14˙
Gesamtherstellung: Druckerei C. H. Beck, Nördlingen
Gedruckt auf säurefreiem, chlorfrei gebleichtem Papier
Printed in Germany · ISBN 978-3-423-62398-8

Die Legende …
… von einer zum Untergang verurteilten Welt
… und zwei Kindern, mutig genug, sie zu retten.

Ohne meine Familie – Hilde Katrine, Leo Caspian und Joachim – hätte ich nie zu schreiben begonnen. Sie hat mir eine Welt geschenkt, die fantastischer ist als alles, wovon ich je gelesen oder geträumt habe. Außerdem will ich Henning Person danken, der mir bei der Frage geholfen hat, wie weit eine kleine Elfe an einem Tag laufen kann.

Dank an die Schüler der Austmarka-Schule, die mir halfen, für dieses Buch ein spannendes Ende zu finden. Und Dank an all diejenigen, die mir Zeichnungen, Briefe und E-Mails schicken. Ihr seid meine Inspiration.

Dieses Buch wurde in einem Café in Oslo, unter einem Olivenbaum in Italien und im Schaufenster einer Buchhandlung geschrieben.

Inhalt

DAS AUGE DES PARADOS

Kedlar-Wuhr 11
Das Volk der Mekks 17
Eine gute Tat 42
Lequs Geschichte 52
Die Sterne 66
Panthelum 70

BOSHEIT

Der Zauberer Scherpa 91
König Edëus 96
Das Portal 101
Aussicht über die Ebene von Gredom 106
Der Wüstensturm 109
Allein 131
Der schwarzc Ritter 142
Die Ebene von Parsin 143
Ras-Malam 150
In Gefangenschaft 167

DIE STIMME VERSCHWINDET

Das Volk der Terraqus 173
Die Flucht 186
Der verborgene Garten 200
Wujudze 212
Die Drachenritter 225
Der Himmelsstürmer 232
Der Drachenschmuck 237

GEFANGEN

Der Regen über der Hada-Wüste 253
Wieder allein 260
Der Gebirgspass 266
Nurqus 274
Der Turm 283
Das Auge des Parados 302

Das Auge des Parados

Kedlar-Wuhr

Die Schatten der Nurqus auf ihren Pferden preschten in atemberaubendem Tempo über die ausgetrocknete Ebene und hinterließen Staubwolken, die sich wie Puder auf die vertrockneten Büsche legten.

Der bleiche Mond am nächtlichen Himmel beleuchtete ihren Weg durch eine düstere Wolkendecke hindurch. Ein immer stürmischer werdender Wind trieb sie eilig vor sich her in Richtung des Drachengebirges.

In der Ferne konnte man die Drachen und ihre Ritter ausmachen, die auf dem Weg nach Hause, zur Drachenhöhle, waren. Furchtlos und gut sichtbar für alle, die zum Himmel schauten, schnitten sie durch die Lüfte. Sie waren die Herrscher der Lüfte und niemand glich ihnen in ihrer Majestät. Heute jedoch kämpften auch sie gegen die Elemente.

Die Drachenhöhle lag hoch oben in der unzugänglichen Gebirgswand, doch sie konnten einfach nicht dorthin gelangen, egal wie verzweifelt sie es auch versuchten: Der Wind stand wie eine Mauer an der Außenseite des Gebirges und warf die Drachen mit ihren Rittern immer wieder zurück. Der aufgewirbelte Staub brannte ihnen in den Augen, und sie wurden immer mutloser.

Schließlich gaben sie auf und begannen, um das Gebirge ihre Bahnen zu ziehen. Irgendetwas an dem Wind machte sie unruhig und gab ihnen das Gefühl, dass hier ganz andere Kräfte als die der Natur versuchten, sie zurückzuhalten.

Die heiseren Schreie der Drachen übertönten die Geräusche der Nurqus, als sie von ihren Pferden stiegen und zur Drachenstadt, nach Kedlar-Wuhr, emporkletterten. Ihre langen schwarzen Umhänge und die dunklen, ledernen Flügel ließen sie fast eins werden mit der Gebirgswand. Nur wenn sie sich vom Felsen lösten, um mit ihren ausgespannten Lederschwingen durch die Luft zu gleiten, waren sie für das bloße Auge sichtbar.

Der Mond schaute durch die dunklen Wolken und badete die Häuser in seinem bleichen Licht. Sie waren allesamt aus dem Fels gehauen. Nur die Türen und Fensterläden waren aus Holz. Die Drachen wiederum schliefen und legten ihre Eier weiter hinten im Gebirge.

Die Nurqus hielten sich hinter einem Steinblock gegenüber der Stadt verborgen. Sie fauchten und fletschten die Zähne, als ein Ritter aus einem der Häuser trat. Er hielt kurz inne, sah sich um und hielt seinen Umhang gut fest, damit er nicht vom Wind davongeweht wurde. Dann atmete er tief ein und lief eilig los.

Knurrend warf sich ein Nurqu nach vorn, um den Ritter anzugreifen, doch im letzten Moment gelang es einem Schattenwesen, nach ihm zu greifen und ihn zurückzuhalten. Der Nurqu drehte sich verärgert um, beugte jedoch den Nacken und gab einen schwachen, zischenden Laut von sich, als er den Schatten des Zauberers Scherpa sah.

Jetzt ging der Drachenritter langsamer und blieb vor einer kleinen Spalte im Felsen stehen. Langsam beugte er sich nach unten und schlängelte sich in die Ritze.

Der Schatten des Zauberers gab den Nurqus ein Zeichen, dass sie dem Ritter folgen sollten, dann löste er sich in Luft auf und verschwand. Fauchend und mit wilden, wachsamen Augen folgten sie dem nichts ahnenden Ritter. Schon bald würden diejenigen, die sich in der Höhle befanden, von den blutdürstigen Nurqus und dem starken Wind eingekesselt sein.

Der große Drachenkörper hob und senkte sich langsam im Takt seines Atems. Rauch qualmte ihm aus den Nasenlöchern und strömte langsam zur Höhlendecke hinauf, wo er sich unter den fluoreszierenden Urapel-Steinen auflöste.

Der Drachenritter beugte sich über den Drachen und versuchte, ihn zu beruhigen.

»Panthelum«, flüsterte er. »Es ist alles in Ordnung.«

Panthelum war die Älteste der Drachen. Ihrer Krankheit wegen, die bereits die Lunge befallen hatte, war sie schon seit vielen Monaten nicht mehr aus der Höhle gekommen. Das Atmen fiel ihr schwer, und sie spie auch schon längst kein Feuer mehr. Der Ritter seufzte und betrachtete sie sorgenvoll. Der rote, funkelnde Stein, den Panthelum zwischen ihren Vorderfüßen hielt pulsierte im Takt mit ihrem Atem – es sah gerade so aus, als wären sie eins miteinander.

Unruhig hob Panthelum den Kopf und witterte; irgendetwas schien nicht zu stimmen, merkte der Ritter – sie hatte einen fremden Geruch wahrgenommen. Rasch zog der Drachenritter sein Schwert, das sofort zu leuchten begann. Doch es war bereits zu spät: Aus dem Schatten krochen die fauchenden Nurqus.

Panthelum warf einen ängstlichen Blick auf die Öffnung im Felsen. Der Ritter folgte ihrem Blick, und beiden war klar, dass der starke Wind sie hier eingesperrt hielt. Solange er in dieser Stärke anhielt, konnten ihnen auch die anderen Drachen nicht zu Hilfe eilen. Panthelum drehte ihren langen Hals zu den Eindringlingen und entblößte warnend ihre Zähne, doch vergebens; die Nurqus sahen die Hilflosigkeit in ihren Augen und kamen unweigerlich näher.

Der Ritter hob sein Schwert und schwang es ihnen entgegen. Der vorderste Nurqu weigerte sich zurückzuweichen und wurde von dem mächtigen Hieb getroffen: Die Schwertklinge schnitt unbarmherzig durch sein Fleisch und Blut spritzte nach allen Seiten. Die anderen Nurqus blieben stehen. Unsicher sahen sie einander an, dann warfen sie sich über ihren Kameraden und rissen ihn in Stücke.

Ritter und Drache zogen sich langsam zurück. Schützend stellte sich der Ritter mit erhobenem Schwert vor Panthelum und starrte die Nurqus drohend an. Diese verloren augenblicklich das Interesse an ihrem toten Kameraden und wandten sich dem mutigen Drachenritter zu. Wie eine Meereswelle erhoben sie sich, fielen fauchend über den Ritter her und rissen ihn in Stücke. Der Kampf währte nur wenige Sekunden.

Panthelum warf einen letzten Blick auf den Höhleneingang und erinnerte sich sehnsüchtig, wie sie zwischen den Wolken geschwebt war. Wie sanft der frische Wind ihr über den Rücken gestrichen war! Als die blutdürstigen Geschöpfe den Drachenritter bis auf das letzte Haar aufgefressen hatten, wusste Panthelum, dass nun sie an der Reihe war. Sie betrachtete den pulsierenden Stein, den sie fest zwischen ihren Vorderfüßen hielt und atmete schwer. Keiner dieser brutalen Nurqus durfte ihn bekommen, denn wenn der Stein in die falschen Hände geriet, war er lebensgefährlich. Mit einer schnellen Bewegung steckte der alte Drache ihn sich in den Mund und schluckte ihn hinunter. So versuchte sie das Auge des Parados mit ihrem eigenen Körper zu schützen.

Panthelum hätte keine Sekunde länger warten dürfen, denn schon kamen die Nurqus auf sie zu. Ihre Klauen schnitten Stücke aus ihrem Körper, während sie um ihr Leben kämpfte.

Draußen brüllten die anderen Drachen verzweifelt, als sie Panthelums Todesschreie vernahmen. Dann wurde es plötzlich still. Selbst der Wind vor dem Höhleneingang war verstummt.

Das Volk der Mekks

In der glühend heißen Wüste wehte eine leichte Brise. Die Hirten, die die Schafe auf der Weide hüteten, hoben ihre Köpfe aufatmend gen Himmel und genossen den kühlenden Wind.

»Schaut dort!«, rief plötzlich einer und zeigte auf den Horizont.

Aus großer Höhe kam etwas auf sie zugeschossen. Die Hirten hielten den Atem an und vergaßen den erquickenden Wind.

»Wir müssen Häuptling Emantucel warnen!«, rief einer von ihnen und rannte los, über das trockene Grasland hinweg und zu einer Zeltgruppe, die etwas weiter weg stand. Als er ins Lager kam, musste er kurz stehen bleiben, um wieder zu Atem zu kommen.

»Der … der … der Häuptling?«, keuchte er.

Eine ältere Frau mit einem Berg voll Wäsche im Arm deutete mit dem Kopf auf ein Zelt am Rande des Lagers.

Der Hirte nickte dankbar und rannte weiter.

Er blieb nicht lange unbemerkt: Die Mekk-Leute steckten die Köpfe zusammen und begannen, miteinander zu flüstern; sie waren neugierig und wollten wissen, was los war.

»Häuptling!«, rief der Hirte, als er endlich angekommen war, und zog das Tuch vor dem Zelteingang beiseite. »Es kommt jemand zu uns!«

Häuptling Emantucel saß mit dem Zauberer Scha-Ra und dem Winterbären Arul zusammen und trank kalten Tee. Beim Anblick des aufgeregten Eindringlings stellte er das Glas auf dem Tisch ab und erhob sich.

»Ritter?«, fragte er.

Der Hirte schüttelte den Kopf und atmete schwer. »Drachen!«

»Sie kommen in friedlicher Absicht«, warf Scha-Ra rasch ein.

Emantucel sah den alten Zauberer stirnrunzelnd an.

»Wenn es mehrere Drachen sind, dann fliegen sie in der Regel mit Drachenrittern. Sie kommen aus Murem.«

»Ich glaube, ihr kommt am besten mit«, sagte der Häuptling zu Scha-Ra und Arul.

Die Mekk-Leute, die dem Hirten gefolgt waren und draußen vor dem Zelt standen, hielten den Atem an. Was würde der Häuptling jetzt tun?

»Scha-Ra und ich werden sie empfangen!«,

rief der Häuptling laut, sodass ihn alle hören konnten. Feierlich trat er aus dem Zelt und blickte in die Menge. »Bleibt ruhig, bis wir wieder da sind. Die Drachen kommen in friedlicher Absicht.«

Dann nickte er majestätisch und ging Scha-Ra und Arul voraus, geradewegs durch die Menge hindurch, die sich ehrfüchtig vor ihnen teilte.

»All die Jahre in ständiger Angst vor dem Drugh-Volk und den gesetzeslosen Wüstenbanden haben sie misstrauisch und argwöhnisch gemacht«, erklärte der Häuptling im Gehen.

Scha-Ra nickte knapp.

Sie folgten dem Hirten mit raschen Schritten zu der Herde. Seine Kameraden starrten noch immer bewegungslos auf den Horizont. Inzwischen waren die Drachen näher gekommen, und man konnte bereits das Geräusch ihrer Flügel als schwaches Donnern vernehmen.

Der Häuptling warf einen Blick auf Scha-Ra.

»Nur ruhig«, sagte der alte Zauberer und nickte bedächtig mit dem Kopf. »Wir warten hier.«

»Wo sind Alak, Ilke und Julsah?«, fragte

Emantucel plötzlich und sah sich suchend um.

Scha-Ra schaute fragend zu dem Winterbären, der seinerseits konzentriert zum Himmel spähte.

»Sie sind mit ein paar anderen Kindern auf der Jagd«, brummte Arul nur und runzelte die Stirn.

Häuptling Emantucel schüttelte den Kopf und lächelte. »Einen Augenblick lang habe ich mir richtig Sorgen um sie gemacht. Wir haben nämlich schon so manche Geschichten über die Drachen gehört. Ich habe sogar mit jemandem gesprochen, der schon einmal einige aus der Entfernung gesehen hat, aber … ich bin noch nie …«, der Häuptling hielt inne und war unsicher, wie er den Satz beenden sollte.

»Du bist noch nie einem begegnet, willst du sagen?«, lächelte Scha-Ra und legte Emantucel die Hand auf die Schulter. »Du brauchst wirklich keine Angst zu haben. Das wird schon. Sie können Furcht einflößend wirken, sie sind aber nicht bösartig.«

Der Zauberer drehte sich um. Die Volksmenge war ihnen gefolgt und starrte mit ihnen erstaunt den sich nähernden Drachen entgegen.

»Pass nur auf, dass deine Leute nichts Übereiltes tun«, sagte Scha-Ra leise zu Emantucel. »Wir sollten nichts tun, was die Drachen nervös macht, sonst können sie tatsächlich gefährlich werden.«

Der Häuptling nickte und ging zu seinen Leuten.

Ilke stand in einer Wolke aus Sandkörnern, die eine Hand über dem Kopf geballt.

»Ich habe noch eine gefangen!«, rief sie.

Eines der Kinder kam mit einem verschlossenen Eimer angerannt. »Leg sie hier rein!«, rief es eifrig und hob vorsichtig den Deckel an, damit Ilke die Eidechse zu den anderen legen konnte.

»Kommt schnell und schaut mal, wie viele wir schon haben!«, rief sie Alak und Julsah zu, die im Sand saßen und mit Stöcken Muster hineinstocherten.

Alak drehte sich zu ihr um.

»Nö«, rief Julsah in Ilkes Richtung und wandte sich dann an Alak. »Ich habe es so satt, andauernd nur im Sand herumzurennen und kleine, idiotische Tiere zu jagen. Warum konnten wir nicht auch abreisen, als Melka und Ponjak zum Greschih-Pass gezogen sind, um die Wolfsritter zu finden?«

»Weiß ich nicht«, murmelte Alak. Er legte den Kopf auf die Knie und sah schlecht gelaunt in die Landschaft. Wohin man auch blickte, man sah nur Sandberge. Wüste, nichts als Wüste. Ihm ging es genauso wie Julsah – nur im Sand zu sitzen und den Kopf hängen zu lassen war die langweiligste Freizeitbeschäftigung, die er sich vorstellen konnte. Trotzdem konnte er sich nicht dazu überwinden, zu Ilke zu laufen. Seitdem sie den Regen über der Efraïber-Quelle zum Versiegen gebracht hatte, lebten sie beim Volk der Mekks. Scha-Ra war der Meinung, dass es ihnen guttun würde, eine Weile hier zu bleiben, egal, wie begierig die Elfenzwillinge darauf waren, weiterzureisen. Mittlerweile waren sie bereits ein ganzes Jahr hier, also bedeutend länger als eine Weile. Alak seufzte und erinnerte sich an die Zeit beim Aharam-Volk. Dort hatten sie ihre Tage damit verbracht, mit den anderen Kindern zu spielen.

Das Volk der Mekks war so anders als das der Aharams! Es war eher ängstlich und vor allem misstrauisch. Die Mekks zogen auf der Suche nach Gras und Wasser für ihre Schafe unermüdlich durch die Wüste. Sobald die Tiere eine Fläche abgegrast hatten, brachen sie ihre Lager wieder ab und zogen weiter.

Alak und Ilke hatten gehofft, bei den Mekks neue Freunde zu finden, aber die Kinder arbeiteten den ganzen Tag. Entweder hüteten sie die Schafe oder sie halfen beim Waschen, bei der Essenszubereitung oder dem Graben nach Wasser. Und jedes Mal, wenn Alak, Ilke und Julsah darum baten, mithelfen zu dürfen, erteilte man ihnen die Aufgabe, auf die kleinen Kinder des Dorfes aufzupassen. Ilke gefiel es, Kinder zu hüten – ganz im Gegensatz zu Julsah. Der hasste es, und deshalb mochte es auch Alak nicht.

»Jetzt kommt schon!«, rief Ilke hinter ihnen und betrachtete entzückt, wie die kleinen Tiere durcheinanderkrabbelten und eifrig versuchten, aus dem Eimer zu entkommen. »Das müsst ihr unbedingt sehen!«

»Wir haben aber keine Lust!«, rief Julsah ärgerlich. »Begreifst du das nicht, oder was?«

Ilke starrte ihn lange an. Dann zuckte sie mit den Schultern. Jungs waren schon komisch. Dass sie keine Lust hatten, auf kleine Kinder aufzupassen, war eine Sache, aber weshalb konnten sie dann nicht wenigstens versuchen, das Beste daraus zu machen?

Alak zog Julsah am Ärmel. »Hör auf, so mit ihr zu reden!«, nörgelte er. »Sie hat uns nichts getan.«

»Hast du mit Scha-Ra gesprochen?«, fragte Julsah zurück und schüttelte Alaks Hand ab.

»Ja.«

»Was hat er gesagt?«

»Dasselbe wie immer«, antwortete Alak ernst. »Er traut sich nicht, dich gehen zu lassen. Ich habe versucht, ein gutes Wort für dich einzulegen, und gesagt, dass wir uns auf dich verlassen können, aber er hat trotzdem Nein gesagt.«

Julsah schnaubte und stieß seinen Fuß gereizt in den Sand.»Das war ja klar«, brummte er. »Aber danke, dass ihr ihn überredet habt, dass ich dabei sein darf, wenn er euch unterrichtet. Ich würde mich sonst zu Tode langweilen.«

»Keine Ursache«, sagte Alak.

»Im Ernst«, antwortete Julsah. »Ich weiß, dass es ganz schön schwierig war, ihn rumzukriegen.«

»Arul hat Scha-Ra dazu gebracht, es sich anders zu überlegen«, sagte Alak. »Er meint, dass du ein noch besserer Häuptling werden könntest, wenn du Lesen und Schreiben lernst.«

»Ich werde nie Häuptling, wenn ich nicht nach Hause darf«, murmelte Julsah.

»Immer mit der Ruhe«, rief Ilke fröhlich, die durch den Sand zu ihnen gestapft kam. Sie baute sich vor Julsah auf. »Wenn du so weitermachst, kann es nicht mehr lange dauern, bis Scha-Ra dich nach Hause schickt – weil er dein Schmollen nicht mehr sehen kann.«

Julsah runzelte die Brauen und starrte sie streng an. »Du hättest es auch nicht lustig gefunden, wenn dich jemand einfach so von deiner Familie weggeholt hätte«, sagte er dann leise und sah zu Boden.

»Die in meiner Familie sind Sklaven deiner Familie«, sagte Ilke scharf.

Die Mekk-Kinder, auf die Ilke aufpassen sollte, standen mittlerweile im Kreis um sie herum und sahen Julsah und das Elfenmädchen mit großen Augen an. Die Stimmung wurde gereizt.

Julsah atmete schwer. »Wenn ich erst einmal Häuptling bin, werden wir keine Sklaven mehr haben«, sagte er.

»Schön«, sagte Ilke ruhig. »Schade, dass du noch kein Häuptling bist.«

»Hör auf«, mischte sich jetzt Alak ein und ging auf Ilke zu.

Julsah schaute die Kinder, die um sie herum standen und alles eifrig verfolgten, gereizt an. »Habt ihr nichts anderes zu tun, ihr Kletten?«, stieß er hervor und schlug mit den Armen aus.

Die Kinder wichen zurück, aber nicht weit genug, um Julsah zu beruhigen, der sich von ihnen eingekeilt fühlte.

»Haut ab!«, rief er nachdrücklich und schubste ein paar Kinder weg.

Alak seufzte, stand auf und legte die Hand auf Julsahs Schulter. »Es sind doch nur Kinder«, murmelte er beschwörend. »Bleib ruhig.«

Julsah schüttelte Alaks Hand ab und bahnte sich seinen Weg durch die Reihen der Mekk-Kinder. »Die sind doch alle so!«, sagte er. »Nicht nur die Kinder; ihre Familien, das gesamte Volk ist so!«

Er drehte sich um und sah Alak und Ilke an. »Glaubt ihr, ich hätte nichts gemerkt?«, rief er. »Glaubt ihr, ich hätte nicht ganz genau gemerkt, wie sie mich anschauen, weil ich ein Murtokk bin? Wie sie jedes Mal tuscheln, wenn sie an mir vorbeigehen?«

»Darum sollte man sich nicht scheren«, antwortete Ilke ruhig.

Julsah ging zu ihr hin und bohrte seinen Finger so heftig in ihre Schulter, dass sie einen Schritt nach hinten stolperte.

»Warum, glaubst du, sagte Scha-Ra, dass du deine Kräfte nicht zeigen darfst, solange wir hier sind? Kannst du dir nicht vorstellen, dass sie hinter deinem Rücken tuscheln? Dass sie Angst vor dir haben?«

»Aber sie lassen uns doch auf ihre Kinder aufpassen«, sagte Ilke matt.

Julsah rollte mit den Augen. »Du bist so naiv«, stieß er hervor. »Warum wohl? Weil sie uns so besser bewachen können!« Er deutete mit dem Kopf in Richtung des Höhenzugs, auf dem ein Mekk-Soldat stand und sie beobachtete.

»Ach, komm schon!«, sagte Ilke aufbrausend. »Der Soldat sieht doch nicht nach uns! Er hält nach Wüstenräubern Ausschau …«

»Das glaubst auch nur du«, spottete Julsah und ging ein Stück weg, um sich dann in den Sand zu setzen.

Ilke sah Alak resigniert an.

»Er ist ab und zu so dusselig, dass ich wirklich Lust hätte, ihn gefrieren zu lassen.«

Alak versuchte ernst zu bleiben. »Du weißt, dass Scha-Ra dir das verboten hat«, gab er zu bedenken.

»Er ist aber gerade nicht hier«, sagte Ilke und lächelte.

Ein plötzlicher Ruf des Mekk-Soldaten ließ sie alle erstarren. Er zeigte zum Himmel und wedelte heftig mit den Armen.

Julsah stand auf und sah zu dem Soldaten hinüber. »Was treibt er da?«, fragte er skeptisch.

Alak und Ilke schüttelten die Köpfe.

»Irgendetwas ist da drüben los«, sagte Alak ruhig.

»Kommt, wir laufen hin und sehen nach«, sagte Julsah.

Ilke schüttelte den Kopf. »Das geht nicht. Wir können die Kinder nicht einfach so zurücklassen!«

»Dann bleibst du eben hier«, bestimmte Julsah. »Du passt auf die Kinder auf, und Alak und ich gehen nachschauen, was los ist.« Er machte dem Elfenjungen ein Zeichen, und schon spurteten die beiden Jungen los.

»He! Bleibt gefälligst hier!«, rief Ilke ihnen empört nach, aber Alak und Julsah waren bereits außer Hörweite.

Und dann ging es los: Zuerst ertönte ein mächtiges Brausen, so als wäre gerade ein schlimmer Sturm im Anmarsch, und der Himmel verdunkelte sich.

Ilke und die Kinder hielten den Atem an und sahen wie gebannt nach oben. Der gesamte Himmel war mit riesigen dunklen Geschöpfen bedeckt, die sich über ihren Köpfen zu sammeln schienen.

»Runter mit euch!«, schrie der Soldat.

Die kleinen Kinder begannen hysterisch zu schreien. Ilke nahm ein paar von ihnen in die Arme, mehr konnte sie jedoch nicht tun. Ihre gesamte Aufmerksamkeit galt den Wesen über ihr.

Doch die Geschöpfe beachteten sie nicht und flogen weiter.

Als der Spuk vorbei war, kamen Julsah und Alak atemlos zurückgerannt.

»Was war das?«, rief Julsah aufgeregt und blieb vor Ilke stehen.

»Drachenritter«, sagte das Elfenmädchen nachdenklich.

Julsah schüttelte ungläubig den Kopf. »Was?«, fragte er noch einmal.

Alak nickte. »Ja, Drachen. Wir haben sie gesehen, als wir nach Emblaz gesegelt kamen.«

Julsah sah den Elfenjungen mit großen Augen an. »Ich habe noch nie so etwas …«, murmelte er und holte Atem.

Er wurde jedoch von dem Mekk-Soldaten unterbrochen, der aufgeregt für Ordnung sorgen wollte. »Alle Kinder in Zweierreihen aufstellen!«, befahl er mit lauter Stimme. »Wir müssen sofort zurück ins Lager.«

»Aber sie sind nicht gefährlich«, beruhigte Ilke ihn und deutete in die Richtung, in der die seltsamen Geschöpfe verschwunden waren. »Außerdem sieht es so aus, als ob die Drachen auch auf dem Weg dorthin wären.«

»Wir laufen ihnen nach!«, rief Julsah.

Der Soldat schüttelte heftig den Kopf. »Wenn sie auf dem Weg zum Lager sind, sind wir hier am sichersten. Wir bleiben!«, entschied er.

»Das kannst du gerne tun!«, sagte Julsah lächelnd. »Dann bleibst du also hier und passt auf die Kinder auf, ja? Wir laufen dann mal los und schauen uns die Drachen genauer an.« Mit diesen Worten drehte er sich um und zog Alak und Ilke eilig mit sich.

Ehe der Soldat protestieren konnte, waren die drei Freunde bereits weggerannt. Kopfschüttelnd setzte er sich zu den Kleinsten, die immer noch weinten, und versuchte sie zu beruhigen.

Alak, Ilke und Julsah liefen, als ginge es um ihr Leben, doch das Lager war einfach zu weit entfernt. Als sie atemlos und völlig erschöpft ankamen, hob sich gerade der letzte Drache in die Lüfte und flog davon.

Julsah stampfte ärgerlich mit dem Fuß auf,

während er nach Luft rang. Alak sackte zusammen, blieb auf den Knien sitzen und folgte dem Drachen, der heftig mit den Flügeln schlug und den anderen hinterher in Richtung Wolken segelte, mit den Augen.

»Fantastisch«, keuchte Ilke und legte sich neben Alak auf den Rücken. »Sie sind so unwahrscheinlich schön.«

Alak nickte.

»Ich würde gern einen von ihnen anfassen«, murmelte Julsah. »Was wohl Vater dazu gesagt hätte …« Sehnsüchtig blickte er dem Tier nach.

»Er hätte dir garantiert nicht geglaubt«, sagte Ilke und lächelte.

Julsah sah sie lange an, bevor er ihr lächelnd erwiderte: »Nein, das hätte er wohl nicht.«

Alak wurde unruhig. »Kommt, wir laufen zu Scha-Ra«, sagte er und stand auf. »Er weiß bestimmt, was sie hier wollten.«

Die anderen beiden nickten und folgten ihm.

Als sie Scha-Ra fanden, führte dieser gerade ein ernstes Gespräch mit Häuptling Emantucel und Arul.

»Was hatten die Drachen hier zu suchen?«, unterbrach Alak die Unterhaltung.

Der Zauberer schüttelte unwillig den Kopf. »Wir können später darüber reden«, sagte er kurz.

»Ist das noch so eine Sache, von der ich nichts erfahren soll?«, fragte Julsah gereizt.

Scha-Ra sah den Jungen streng an. »Hör zu, Julsah, ich mag dich, aber du bist immer noch ein Murtokk, und deshalb, finde ich, ist es nicht zu verantworten, dir alles zu erklären, was hier vor sich geht.«

»Dann schick mich doch zurück zu meinen Leuten, wenn du Angst hast, dass ich in deinen Geheimnissen herumschnüffele«, antwortete Julsah.

»Daran habe ich auch schon gedacht, Julsah«, entgegnete der alte Zauberer ernst. »Aber nicht, weil ich dir nicht vertraue, sondern weil ich verstehe, dass du deine Familie brauchst.« Er sah den Murtokk-Jungen lange an. »Ich bin sicher, dass du dein Volk eines Tages gerecht und klug führen kannst. Du wirst dafür sorgen, dass es deinen Leuten gut geht, wenn du nur deinem Herzen folgst«, sagte Scha-Ra und legte die Hand auf Julsahs Schulter.

»Und wenn du deinem Kopf folgst«, lachte Arul und gab seinem Freund einen Klaps auf den Hinterkopf.

Julsah geriet einen Moment aus dem Gleichgewicht, als ihn Aruls freundschaftlicher Stoß traf. »Ist dir eigentlich klar, wie stark du bist?«, fragte er den Winterbären dann grinsend und boxte zurück.

»Na klar!«, schmunzelte Arul und gab Julsah noch einen Klaps.

»Kommt, wir gehen ins Zelt«, sagte der alte Zauberer entschieden. »Es ist Zeit für den Unterricht.«

Alak knuffte Julsah im Vorbeigehen in die Seite. »Na, komm schon«, lachte er.

Der Murtokk-Junge sah Ilke lächelnd an. »Na, klebst du mir auch eine?«, fragte er und ließ ihr den Vortritt.

»Nein«, sagte Ilke und drückte Julsah kurz an sich, bevor sie ihrem Bruder und Scha-Ra ins Zelt folgte.

Julsah blieb einen Moment alleine draußen stehen. »Ich will aber lieber eine geklebt kriegen«, murmelte er.

Scha-Ra nutzte den Rest des Tages für den Unterricht, ohne ein Wort darüber zu verlieren, was die Drachen genau gemacht hatten oder worüber er mit den Drachenrittern gesprochen hatte. Ilke versuchte ein paarmal vorsichtig, ihn zu fragen, doch der Zauberer antwortete ausweichend. Nach einer Weile hatten die Kinder verstanden, dass Scha-Ra nicht darüber sprechen wollte, und hatten das Fragen eingestellt.

Heute lehrte Scha-Ra seine Schützlinge, wie sich aus den frühen Pantolyphen das Alphabet und die Sprache Aldrisch entwickelt hatten. »Pantolyphen sind einfache Zeichnungen«, erklärte er. »Es sind Symbole, die eine Geschichte erzählten. In etwa so …« Und mit diesen Worten zeichnete er einige Pantolyphen auf ein Blatt Papier.

Die Kinder fanden die fremdartigen Zeichen schön, viel schöner als die Buchstaben, die sie normalerweise benutzten. Julsah war ein guter Zeichner, und er hing förmlich an Scha-Ras Lippen und betrachtete ehrfürchtig die Pantolyphen. Sein Interesse steckte Alak und Ilke an, und begeistert lernten sie alle Symbole und deren Deutung.

»Jetzt, wo wir so viel können, wünschte ich, wir könnten uns die Zeichnungen in Tarkans Thronsaal etwas genauer anschauen«, sagte Ilke, als der Unterricht zu Ende war.

»Tarkans Thronsaal?«, wunderte sich Julsah.

Scha-Ra warf dem Elfenmädchen einen scharfen Blick zu, den Ilke in ihrer Begeisterung jedoch nicht sah.

»Er liegt unter Scha-Ras Schloss«, sagte sie.

»Ilke, das reicht!«, unterbrach der alte Zauberer sie scharf.

Von einer Sekunde auf die andere wurde die Stimmung seltsam bedrückt.

»Ist das wieder so eine Sache, von der ich nichts wissen soll?«, fragte Julsah leise.

Scha-Ra seufzte.

Alak und Ilke wussten eigentlich, dass Julsah keiner von ihnen war. Und jedes Mal, wenn Scha-Ra ihnen einen Blick zuwarf oder sich räusperte, verstanden sie, warum. Julsah war ein Murtokk. Auch wenn er – wie sie – noch ein Kind war und sie sich angefreundet hatten, war er dennoch keiner von ihnen und nicht nur das: Eines Tages würde er Häuptling werden und über das ganze Murtokk-Volk herrschen. Die Elfenzwillinge wussten: Dann könnte ihnen das, was sie ihm erzählten, gefährlich werden.

Julsah sah sie an und schüttelte den Kopf. »Jetzt mal ehrlich«, sagte er ernst. »Glaubt ihr wirklich, dass ich jemals etwas tun würde, was euch schaden könnte?«

Alak und Ilke lächelten und schüttelten die Köpfe.

Julsah blickte zu dem Zauberer. »Und du? Glaubst du das?«

Scha-Ra faltete die Hände und sah ihm direkt in die Augen. »Ich mag dich, Julsah«, sagte er dann ernst. »Daran liegt es also nicht. Doch die Liebe zu deiner Familie ist größer und stärker als die, die du jemals für irgendjemand anderen verspüren wirst. Glaubst du, dein Vater wird es verstehen, wenn du dich entscheidest, ihm und deinem Volk etwas zu verheimlichen, um einen von uns zu beschützen?«

»Ich werde versuchen, ihn dazu zu bringen, das zu verstehen, ja«, sagte Julsah.

»Ich hoffe von Herzen, dass es dir gelingt«, antwortete der alte Zauberer lächelnd. »Die Hoffnung ist ein schönes, aber leider ein wenig vernünftiges Gefühl. Und du solltest nicht dein Leben darauf setzen.«

Jetzt mischte sich Alak ein. »Aber du hoffst doch darauf, dass wir die Prophezeiung aus dem Buch *Phenomena* erfüllen werden, oder etwa nicht?«, wandte er ein.

»Nein«, sagte Scha-Ra und schüttelte mit Nachdruck den Kopf. »Das wage ich nicht. Vielmehr *glaube* ich, dass ihr es schaffen werdet. Der Glaube ist nämlich unendlich viel stärker als die Hoffnung. Wenn ich *glaube*, dass es dir gelingt, deinem Vater und deinen Leuten die Liebe zu allen anderen Völkern beizubringen, dann bin ich sicher, dass wir eines Tages alle in Frieden leben werden.«

Julsah erhob sich und sah Scha-Ra tief in die Augen.

»Wenn ich Häuptling bin, werde ich allen Elfen die Freiheit schenken, und wir werden nie mehr Sklaven halten«, versprach er. Seine Stimme klang laut und fest.

»Gut«, sagte Scha-Ra und nickte. »Ich glaube an dich. Du wirst ein guter Häuptling.«

Julsah setzte sich wieder und lächelte.

Scha-Ra fuhr mit dem Unterricht fort, und langsam wuchs sein Glaube, dass Julsah vielleicht wirklich ein Murtokk mit Herz war, der sein Volk verändern könnte. Der alte Zauberer gab jedem von ihnen ein Buch aus seiner Bibliothek. Er war im letzten Jahr mehrmals durch das Portal nach Hause gereist, um sich ganz allein in sein Arbeitszimmer zu setzen und seine Gedanken zu ordnen. Einige der Bücher, die er von dort mitgenommen hatte, handelten vom Ursprung des Landes Aldra und von vielen Völkern, die dort lebten.

Alak stürzte sich begierig auf sein Buch. Für ihn gab es kaum etwas Schöneres, als zu lesen, bis seine Augen von der Wüstenluft rot und trocken waren.

Ilke dagegen war keine Leseratte. Das größte Problem war, dass sie nicht lange still sitzen konnte. Jedes Mal, wenn Scha-Ra sie ermahnte, dass sie sich konzentrieren solle, kribbelte und zog es in ihrem ganzen Körper. Dann schaute Ilke zu ihrem Bruder und dachte verwundert: Wie unterschiedlich wir doch sind! Vielleicht hat Alak ja recht, und ich lerne nie etwas, weil ich einfach nicht still sitzen kann. Sie seufzte. Und nun begann auch Julsah, sie in vielen Fächern einzuholen.

Scha-Ra merkte, dass Ilke den Mut verlor, und legte seinen Arm um sie. »Alle Elfen sind unterschiedlich«, sagte er freundlich. »Manche laufen lieber herum und spielen, als still zu sitzen. Das ist schon in Ordnung. Und wer weiß, vielleicht kannst du diese Fähigkeit eines Tages noch gut gebrauchen.«

»Ich glaube, in Ilkes Gehirn gibt es ein paar Synapsen, die nicht ganz so miteinander kommunizieren, wie sie sollten«, grinste Alak, der mitbekommen hatte, was Scha-Ra gesagt hatte. »Bisher haben sie uns aber nur in Schwierigkeiten gebracht.«

»Synapsen?«, fragte Ilke skeptisch und rümpfte die Nase. »Du liest eindeutig zu viele Bücher. Vergiss nicht, dass ich es war, die die Efraïber-Quelle zum Klingen gebracht hat.«

Scha-Ra räusperte sich laut und zupfte Alak am Ärmel, damit kein Streit zwischen den Geschwistern ausbrach. »Habt ihr eigentlich einmal darüber nachgedacht, warum die Prophezeiung von zwei Kindern handelt und nicht von nur einem?«, fragte er und sah die Zwillinge forschend an.

»Darüber habe ich noch nie nachgedacht«, sagte Alak.

Der alte Zauberer lächelte triumphierend. »Schaut euch eure Hände an«, sagte er dann unvermittelt zu den Elfenkindern. »Seht ihr, wie verschieden sie sind?«

»Ich finde, sie sehen genau gleich aus«, entgegnete Ilke skeptisch.

»Soso? Dann nimm den Stift in die Hand, mit der du nicht schreibst«, sagte Scha-Ra zu Alak. »Und dann probiere aus, ob du dann noch genauso leicht schreibst.«

Alak nahm den Stift in die linke Hand und betrachtete ihn skeptisch.

Ilke verfolgte seine Bewegungen interessiert. »Das schaffst du nie!«, lachte sie.

»Nein«, gab Alak freimütig zu und grinste. »Das haben wir doch schon mal ausprobiert, weißt du nicht mehr?«

Ilke nickte und versuchte nun ihrerseits, mit der falschen Hand zu schreiben. Aber es kam nur ein unleserliches Gekrakel dabei heraus.

Scha-Ra lächelte und zwinkerte den beiden zu. »So, und jetzt gebt mir eure Stifte.«

Gespannt reichten die Zwillinge dem alten Zauberer ihre Stifte und warteten, was gleich passieren würde. Und sie trauten ihren Augen nicht: Scha-Ra nahm einen Stift in jede Hand und begann zu schreiben: mit beiden Händen gleichzeitig, rasch, hervorragend lesbar und ordentlich.

»Ist das Zauberei?«, fragte Alak staunend.

»Nein, das habe ich geübt«, sagte Scha-Ra. »Es hat aber ziemlich lange gedauert, bis ich es endlich konnte.«

»Du meinst, wenn wir viel üben, werden wir uns irgendwann völlig gleichen?«, sagte Ilke.

Scha-Ra lachte. »Wollt ihr wirklich vollkommen gleich werden?«

»Nein«, antwortete Alak zögernd und lächelte seine Schwester an. »Ich mag Ilke am liebsten so, wie sie jetzt ist.«

Der alte Zauberer lächelte mit Ilke um die Wette. »Das ist schön zu hören. Und ich kann dich beruhigen, Alak: Ihr werdet nie ganz gleich sein«, sagte er dann. »Aber ihr werdet immer besser zusammenarbeiten. Und gerade weil ihr so unterschiedlich seid, könnt ihr einander helfen, wenn einer allein es nicht schafft.«

»Darf ich es auch mal versuchen?«, fragte Julsah.

Scha-Ra sah den Murtokk-Jungen lange an, bevor er ihm die Stifte reichte.

»Ich habe es nur gezeigt, um euch etwas deutlich zu machen – nicht um euch Geschicklichkeitsspielchen beizubringen«, sagte er.

Doch Julsah hörte bereits nicht mehr zu.

Scha-Ra betrachtete ihn verwundert.

Der Junge schrieb einen Satz mit der linken Hand und beendete ihn mit der rechten. Stolz hielt er dem alten Zauberer das Blatt hin. »Das ist vielleicht nicht so ordentlich wie bei dir, aber schlecht ist es auch nicht«, sagte er.

Alak und Ilke beugten sich darüber, um zu schauen.

Dann fügte er beinahe trotzig hinzu: »Vielleicht bin ich ja jemand, der keine Hilfe braucht, einer, der alles allein machen muss«, sagte er und sah Scha-Ra an.

Der Zauberer fühlte, wie ihm ein merkwürdiger Schauder über den Rücken lief: Der Junge würde entweder ein wirklich guter Verbündeter oder ein sehr gefährlicher Feind werden, so viel war sicher.

Eine gute Tat

Arul schob die Zeltplane zur Seite und kam herein.

»Ich dachte, ich nehme die Kinder mit raus, damit sie etwas frische Luft bekommen«, brummte er und sah Scha-Ra vorwurfsvoll an. »Sie haben jetzt schon so viele Stunden nur drinnen gesessen.«

»Habe ich sie tatsächlich so lange festgehalten?«, lächelte der Zauberer und bedeutete den Kindern mit einem Winken, dass sie ihre Sachen zusammenpacken und dann spielen gehen durften.

»Danke, dass du uns gerettet hast«, flüsterte Julsah dem Winterbären beim Hinausgehen zu und knuffte ihn freundschaftlich in den Rücken.

»Lasst uns zum Wasserloch runtergehen«, schlug Alak vor.

Die anderen nickten eifrig, denn sie hatten gesehen, wie die Mekk-Leute vor ein paar Tagen einen Brunnen gegraben hatten, um an Grundwasser, das sie dringend zum Leben brauchten, zu kommen. Das Loch war beeindruckend tief gewesen.

Als die Elfenzwillinge, Julsah und Arul an dem neu ausgehobenen Brunnen ankamen, standen die Mekk-Kinder artig Schlange, um ihre mitgebrachten Eimer zu füllen. Einer der älteren Jungen half ihnen. Er hatte offensichtlich schon lange dort gestanden, denn der Schweiß lief ihm in kleinen Rinnsalen über das Gesicht. Unter dem Turban, den er zum Schutz gegen die Sonne um den Kopf gebunden hatte, tropfte es unermüdlich.

Schließlich setzte sich der Junge in den Sand und wischte sich den Schweiß ab. »Du musst kurz warten«, sagte er zu dem Mädchen, das ganz vorne in der Schlange stand.

Die Kleine seufzte resigniert.

Ilke ging zu ihr nach vorn.

»Du brauchst nicht zu warten«, sagte sie freundlich und begann, Eiskristalle in ihrer Hand zu sammeln. Die Wüstenhitze schmolz sie beinahe augenblicklich, und sie wurden zu wunderbar kühlem Wasser.

Die Kinder des Dorfes waren so fasziniert von Ilkes Darbietung, dass mehrere mit ihren Eimern ankamen, um sie sich füllen zu lassen.

Alak und Julsah blickten ängstlich zu Arul.

»Warum tut sie das?«, fragte Alak. »Scha-Ra hat doch gesagt, dass sie ihre besonderen

Fähigkeiten unter keinen Umständen offenbaren soll.«

»Glaubst du, das hat etwas mit den Synapsen zu tun, von denen du heute schon gesprochen hast«, fragte Julsah lächelnd.

»Sie versucht nur, nett zu den Kindern zu sein«, brummte Arul.

Julsah schüttelte den Kopf. »Nein«, sagte er entschieden. »Es ist was anderes. Und es hat etwas damit zu tun, dass sie kein Junge ist. Mädchen stellen sich eben gern zur Schau.«

Eine der Mekk-Frauen kam angerannt, griff nach dem Mädchen, das das Wasser bekommen hatte, und schob Ilke weg.

»Wir können selbst Wasser finden. Deine Zauberkräfte braucht hier niemand!«, sagte sie scharf.

Ilke spürte, wie Tränen in ihr hochstiegen. »Ich …«, begann sie, doch sie konnte vor lauter Kummer nicht weitersprechen.

Arul wollte gerade hingehen und Ilke beistehen, als sie sich bereits umdrehte und weglief.

»Du musst Scha-Ra holen, Alak«, sagte der Winterbär eindringlich zu dem Elfenjungen. »Ich warte hier so lange und passe auf, dass sie nicht zu weit wegläuft.«

Scha-Ra fand Ilke nach längerem Suchen am Rand des Lagers. Sie schlich mit hängendem Kopf zwischen den Zelten umher.

»Alak hat mir erzählt, dass du weggelaufen bist«, sagte er und nahm sie in seinen Arm.

Mit tränenüberströmtem Gesicht sah Ilke zu ihm auf. »Ich wollte doch nur nett sein«, flüsterte sie mit zitternder Stimme.

»Das warst du auch«, sagte Scha-Ra und setzte sich in den Sand.

Sofort kletterte Ilke auf seinen Schoß und vergrub ihr Gesicht an seinem Hals. Ihr kleiner Körper zuckte, als die Tränen in einem wahren Sturzbach zu fließen begannen.

Scha-Ra strich ihr vorsichtig über das Haar. »Die Mekks haben ein wenig Angst vor uns, verstehst du?«, flüsterte er. »Ihr Leben hier in der Wüste ist ziemlich hart. Und dann kommst du mit deinen unglaublichen Fähigkeiten ... Das wirkt sehr beunruhigend auf sie, verstehst du?«

Ilke schüttelte verzweifelt den Kopf. »Aber als ich den Regen der Efraïber-Quelle zum Versiegen gebracht habe, mochten sie das«, schluchzte sie.

Scha-Ra nickte und streichelte sie weiter. »Ja, das mochten sie. Sie haben sogar ein Fest für uns veranstaltet. Erinnerst du dich?«

Ilke nickte, und bei dieser Erinnerung schlich sich ein Lächeln auf ihre Lippen. Alle Kinder hatten mit ihnen spielen wollen, und die Erwachsenen hatten ihr über die Haare gestrichen.

»Sie hatten viele Jahrhunderte gewartet, dass der Regen aufhören würde«, fuhr Scha-Ra fort. »Und als das dann endlich geschah, haben sie plötzlich Angst bekommen. Weil sie nicht damit gerechnet hatten, dass das, was niemand geschafft hatte, ausgerechnet einem Kind gelingen würde. Sie hatten etwas ganz anderes erwartet.«

»Was denn?«, fragte Ilke verwundert.

Der alte Zauberer zuckte die Schultern. »Na ja, etwas, was sie hatten verstehen können, etwas, für das sie eine Erklärung finden konnten«, sagte er und zwinkerte Ilke zu. »Weißt du, wenn Kinder etwas tun, das man nicht von ihnen erwartet hat, bekommen es einige Erwachsene mit der Angst zu tun.«

Ilke wurde nachdenklich.

»Was erwartet man denn von Kindern?«, fragte sie nach einer Weile.

»Kinder sollen spielen …«, antwortete Scha-Ra leise.

»Und sie sollen keine magischen Kräfte haben, oder?«, fragte Ilke.

»Nein.« Scha-Ra schüttelte den Kopf.

»Aber warum haben die Mekks Angst vor einem Kind, das anders ist?«

»Das ist schwer zu erklären …«, sagte der Zauberer und strich Ilke über den Kopf.

»Versuch es!«, bat sie und legte kurz ihren Kopf an seine Schulter. »Bitte!«

Scha-Ra seufzte. »Nicht alle glauben an Magie«, sagte er dann nach längerem Nachdenken.

Ilke richtete sich erstaunt auf und sah ihm ernst in die Augen. »Aber …«, stotterte sie ratlos und schüttelte den Kopf. »… Magie gibt es doch überall.«

Scha-Ra nickte. »Du hast natürlich recht. Das Volk der Mekks glaubt beispielsweise, dass die Sterne oben im Weltenraum an Fäden hängen, damit sie uns nicht auf den Kopf fallen.«

Ilke lachte. »Ich habe gedacht, dass mittlerweile jeder wüsste, dass sie im Nichts herumschweben.«

»Wenn du versuchen würdest, ihnen das zu erklären, würden sie dich aber ziemlich seltsam anschauen«, lachte Scha-Ra.

»Weil es Magie ist für sie?«, fragte Ilke und machte große Augen.

»Genau«, sagte Scha-Ra. »Und deshalb ist es auch am besten, wenn du deine Gaben nur dann einsetzt, wenn du gar nicht anders kannst. Damit du all denen keine Angst machst, die glauben, dass du zu fantastisch bist, um wahr zu sein.«

Ilke wurde nachdenklich. »Glaubst du, meine Eltern haben mich lieb, auch wenn ich anders bin als die anderen?«, fragte sie den alten Zauberer.

Der lächelte warmherzig. »Eure Eltern sind fantastisch. Ihr hättet keine besseren bekommen können als Harti und Kiri. Niemand wird euch je so sehr lieben wie sie. Das kann ich dir versprechen.«

Ilke wischte sich eine Träne aus dem Augenwinkel. »Wirklich?«, fragte sie mit heiserer Stimme.

Scha-Ra legte den Arm um sie und drückte sie eng an sich. »Wirklich«, sagte er ernst.

Ilke vergrub ihr Gesicht in seinem langen, weichen Umhang und weinte still vor sich hin. Der alte Zauberer drückte sie fester an sich und wiegte sie zärtlich.

So saßen der alte Mann und das kleine Mädchen eine ganze Weile. Stumm und mit geschlossenen Augen.

»Hast du eigentlich Kinder, Scha-Ra?«, fragte Ilke plötzlich.

Verwundert hob der Zauberer die Augenbrauen. Dann hielt er abrupt in seiner Bewegung inne, und sein Mund wurde schmal.

»Nein, aber ich wünschte, ich hätte welche«, sagte er nach einer Weile.

»Aber du hast ja uns«, flüsterte sie zärtlich und kuschelte sich wieder in seinen Arm.

»Ja, das stimmt«, lächelte Scha-Ra. »Ich liebe euch wie meine eigenen Kinder.«

»Und hast du auch eine Mutter und einen Vater?«, fragte Ilke.

Als Scha-Ra nicht sofort antwortete, richtete sie sich wieder auf, um ihm in die Augen sehen zu können.

Der Zauberer starrte jedoch nur leer in die Luft.

»Hast du?«, wiederholte sie.

Scha-Ra sah sie zerstreut an und schüttelte leicht den Kopf, als ob er seine Gedanken abschütteln wollte. »Alle haben Eltern«, sagte er dann leise. »Ich hatte auch einmal welche. Aber das ist jetzt schon lange her.«

»Sind sie tot?«, fragte Ilke.

»Meine Mutter, Elysta, starb, als ich sieben Jahre alt war. Ob mein Vater noch lebt, das weiß ich allerdings nicht. Ich habe ihn, seit ich acht war, nicht mehr gesehen.«

»Warum nicht?«

Scha-Ra zuckte mit den Schultern. »Eltern

haben manchmal große Träume für ihre Kinder. Mein Vater träumte davon, dass ich oder mein Bruder das werden sollten, was er nie geschafft hat: Ein großer Zauberer nämlich. Als dann unsere Mutter starb, gab er uns in die Obhut des Zauberers Arkin, damit er uns ausbildete.«

»Arul hat uns erzählt, dass Tarkan dein Zwillingsbruder ist«, sagte Ilke.

»Das hat er euch also erzählt, so, so«, sagte Scha-Ra. Seine Stimme klang bitter.

»Wolltest du, dass wir es nicht erfahren?«, fragte Ilke erschrocken.

Scha-Ra lachte und zog sie an den Haaren.

Ilke grinste und gab ihm einen vorsichtigen Schubs in die Seite.

»Um ehrlich zu sein, wusste ich nicht recht, wie ich es sagen sollte«, sagte Scha-Ra. »Arul kann so etwas einfach besser.«

»Fandest du es merkwürdig, deinen Bruder wiederzutreffen?«, fragte Ilke neugierig und versuchte sich vorzustellen, wie es wohl war, seinen Zwillingsbruder, von dem man geglaubt hatte, dass er tot sei, wiederzusehen. Und dabei herauszufinden, dass dieser Zwillingsbruder Tarkan war. Tarkan, das böse Geschöpf, das ihnen allen den Tod wünschte.

»Das war eher erschreckend und traurig als

merkwürdig«, antwortete der alte Zauberer ehrlich und hatte es plötzlich eilig. »Komm! Nun müssen wir aber gehen«, forderte er Ilke auf. »Heute essen wir doch mit Häuptling Emantucel und seiner Familie.«

Ilke strahlte. Sie liebte die Abendessen in großer Runde. Weil sie dann so tun konnte, als wären sie alle eine große, glückliche Familie.

Hand in Hand gingen der alte Zauberer und das Elfenmädchen ins Lager zurück.

Lequs Geschichte

Der Häuptling saß mit dem Rücken zum Zelteingang, als Scha-Ra und Ilke ankamen. Sie waren die Letzten: Arul, Alak und Julsah saßen bereits um das Feuer. Emantucel lächelte die Neuankömmlinge an und lud sie mit einer Geste ein, sich zu ihnen zu setzen.

»Ich habe gehört, dass unsere kleine Prinzessin heute etwas Trauriges erlebt hat«, sagte er freundlich zu Ilke, als sie neben Scha-Ra und Alak Platz genommen hatte.

Sie sah verlegen zu Boden.

»Denk einfach nicht mehr daran!«, sagte der Häuptling freundlich. »Einige von meinen Leuten haben so viel Angst vor dem, was sie sehen, dass sie ganz vergessen, was sie nicht sehen können – nämlich das, was im Herzen wohnt.«

Ilke lächelte schüchtern und sah den Häuptling dankbar an.

Neben Emantucel saßen Lequ, sein Sohn, und dessen Frau Elhele. Ilke fand sie die schönste Frau der Welt. Wenn Elhele lächelte, bekam Ilke Lust, auf ihren Schoß zu kriechen und für immer dort zu bleiben.

Wenn die Erwachsenen sich nach dem Essen eine Weile miteinander über Große-Leute-Themen unterhalten hatten und die Dunkelheit zu einer dichten Decke mit klaren Sternen geworden war, erzählte Lequ gewöhnlich Geschichten. Die Elfenkinder erstarrten regelmäßig zu Salzsäulen, wenn er sprach, und der Feuerschein sah plötzlich aus wie die wunderlichsten Figuren und Landschaften.

Lequ erzählte mit seinem ganzen Körper, und die Kinder hingen förmlich an seinen Lippen. Manchmal sah es beinahe so aus, als würden sie vergessen zu atmen, so sehr konzentrierten sie sich.

»Soll ich davon erzählen, wie ich Elhele traf?«, fragte Lequ jetzt.

»Ist das eine romantische Geschichte?«, fragte Ilke begierig und seufzte zufrieden, als Lequ nickte.

»Sie ist nicht nur romantisch«, fügte er für die Jungen hinzu, als er bemerkte, wie Alak und Julsah die Augen verdrehten. »Die Geschichte handelt auch davon, wie ich beinahe von einem Heer von Drugh-Soldaten getötet wurde.«

Augenblicklich wurden Alak und Julsah hellhörig.

»Jetzt übertreibe mal nicht so«, sagte Elhele streng und zwinkerte Lequ zu.

Dieser lächelte, zuckte entschuldigend die Schultern und begann seine Geschichte. Damals, als er noch ein ganz kleiner Junge gewesen sei, habe er Elhele zum ersten Mal gesehen. Er und Häuptling Emantucel waren in Ras-Malam, der Stadt des Drugh-Volkes, um Schafwolle zu verkaufen.

»Plötzlich schallten Trompeten, und die Volksmenge zog sich zurück«, erzählte Lequ strahlend. »›Was ist los?‹, habe ich meinen Vater erstaunt gefragt – so war es doch, Vater, oder?«

Der Häuptling lächelte und schüttelte den Kopf. »Das musst du erzählen, mein Sohn«, sagte er, »es ist *deine* Geschichte.«

»Aber du musst uns erzählen, was du mir geantwortet hast«, beharrte Lequ. »Ich weigere mich, weiterzuerzählen, wenn du nicht erzählst, was du dann sagtest.«

»Komm schon!«, bat Ilke den Häuptling.

Häuptling Emantucel seufzte resigniert. »›Das ist …‹«

Julsah schüttelte unwillig den Kopf. »Du musst das mit einer Erzählerstimme berichten«, sagte der Junge ernst. »Sonst ist es nur halb so schön.«

»Ich spreche doch nun aber mal so«, beharrte der Häuptling, doch gegen die Kinder hatte er keine Chance.

Der Häuptling verdrehte die Augen und begann von Neuem, diesmal mit gekünstelter Stimme: »Also, ich habe gesagt: ›Das ist der Fürst, der seine Wachen spazieren führt. Wenn wir Glück haben, können wir vielleicht einen Blick auf seine Tochter werfen. Sie soll das hüüübscheste Mädchen der Welt sein!‹«

Elhele versteckte ihr Gesicht in den Händen und lachte.

Lequ war zufrieden und nickte seinem Vater dankbar zu. Nun übernahm er wieder. »Genauso war es«, sagte er. »Und kaum hatte mein Vater mir von Elhele erzählt, kam auch schon eine Gruppe Soldaten angeritten. Die Ahmele, auf denen sie saßen, waren mit Troddeln geschmückt. Ihre Mondsattel waren aus roter Seide gefertigt und mit Goldstickereien verziert. Was für eine Pracht – ihr könnt es euch kaum vorstellen! Und hinter ihnen kam eine Sänfte, die von vier Soldaten getragen wurde. Um besser sehen zu können, lief ich zwischen all den Erwachsenen hindurch, die vor mir standen und die Aussicht versperrten.«

»Ich habe versucht, dich hochzuheben,

aber du wolltest nicht«, unterbrach ihn der Häuptling und lachte leise.

»Ich war zu groß, Vater«, sagte Lequ. »Ich wollte nicht, dass du mich wie ein Kind hochhebst.«

»Wie alt warst du?«, fragte Ilke und sah Lequ träumerisch an.

Der lächelte und sah ihr in die Augen. »Ich war elf Sommer alt«, flüsterte er dann mit samtener Stimme. »… genauso alt wie du jetzt. Ich habe mich durch die Volksmenge hindurchgedrückt, einfach so, ohne groß nachzudenken. Und plötzlich stand ich direkt vor der Sänfte. Die Soldaten, die sie trugen, blieben unweigerlich stehen. Doch nur einen Moment lang. Dann kam ein Soldat mit einem federgeschmückten Helm auf mich zugeritten.« Lequ grinste versonnen. »In diesem Moment habe ich mich ziemlich klein gefühlt und hatte gehörig Angst. Beruhigend war auch nicht gerade, dass alle Augen auf mich gerichtet waren. Der Soldat fragte mich, wie ich heiße – und gerade als ich ihm antworten wollte … sah das allerhübscheste, niedlichste, wunderbarste Gesicht, das ich jemals gesehen hatte, aus der Sänfte hervor …«

»Nun fängt er auch damit an«, flüsterte Julsah Alak resigniert zu.

Lequ fuhr fort: »Was soll ich euch sagen? Als ich sie sah, vergaß ich plötzlich all meine Angst und antwortete dem Soldaten laut und deutlich: …«

»… Ich bin Lequ, der Sohn von Emantucel, dem Häuptling des stolzen Volkes der Mekks«, warf Elhele mit zarter, heller Stimme ein und lachte. Ihre Erzählstimme hatte jungenhaft und schüchtern geklungen.

Lequ verdrehte die Augen. »Hatte ich wirklich eine solch piepsige Stimme?«, fragte er in gespieltem Entsetzen.

Elhele nickte und warf ihm eine Kusshand zu.

»Jetzt wird es aber ganz schön kitschig«, flüsterte Julsah Alak zu und wandte sich dann mutig an Lequ. »Komm, spar dir den romantischen Teil und erzähl lieber, wie du fast von den blutdürstigen Soldaten getötet wurdest«, schlug er vor.

»Wie der Herr befiehlt«, antwortete Lequ und hob missbilligend die Augenbrauen. »Also ich muss schon sagen: Die Jugend von heute hat keinen Respekt vor der Liebe«, grunzte er dann pikiert.

»Den bekommen sie schon noch früh genug«, antwortete Scha-Ra und lachte.

Lequ erhob sich und fuhr mit der Erzählung

fort: »Das Problem war: Fürst Ighada fand, dass ich nicht gut genug für seine Tochter war, und deshalb durfte ich nicht einmal mit ihr sprechen, als mich mein Vater dann mit ins Schloss nahm. Das ging so weiter, bis ich fünfzehn Sommer alt war – könnt ihr euch das vorstellen? Dann aber kam der große Tag. Mein Vater war als Vertreter des Mekk-Volks zu Geschäftsgesprächen nach Ras-Malam geladen worden, und ich durfte ihn begleiten. Allerdings stellten sich die Verhandlungen als ziemlich langweilig heraus. Irgendwann konnte ich nicht mehr still sitzen und schlich mich leise aus dem Saal. Die Erwachsenen waren so in ihr Gespräch vertieft, dass sie nicht bemerkten, wie ich verschwand. Dann kam es natürlich, wie es kommen musste: Ich verirrte mich und landete in einem langen Flur, der zu einem großen Saal führte. Dort gab es eine geheimnisvolle Treppe, vor der fünf Wachen postiert waren, große Männer mit grimmigem Blick. Sie standen auf ihre Speere gelehnt und sahen ziemlich bedrohlich aus mit ihren Waffen. Die Speere waren nämlich wie Säbel geformt und hatten Haken an den Enden. Jedes Mal, wenn sie ihre Position veränderten und ihre Kettenhemden an die Schwerter stießen, die an ihren Gürteln hingen, klirrte es bedrohlich. Sie ließen keinen Zweifel daran, dass sie nicht lange überlegen würden, bevor sie einen Eindringling mit ihren Waffen durchbohren würden, selbst wenn dieser nur ein streunender Junge war.

Eigentlich wollte ich ja umdrehen und zu den Erwachsenen zurückgehen, aber die Neugierde siegte doch. Ich wollte unbedingt wissen, was sich im zweiten Stockwerk befand, das so streng bewacht wurde. Und so schlich ich mich vorsichtig an der Wand entlang bis zu einer riesigen Statue aus Stein. Hinter ihr war ein kleines Podest in die Wand gehauen, auf das ich schnell kletterte. Mit einem gewagten Sprung von der Schulter der Statue und ein bisschen Glück könnte ich vielleicht auf das Fenstersims rechts von mir springen, das sich auf Höhe des zweiten Stockwerks befand, überlegte ich blitzschnell. Gesagt, getan: Ich nahm Anlauf und sprang. Und es funktionierte tatsächlich: Geräuschlos und vor allem von den Wachen unbemerkt landete ich auf dem Fenstersims.«

Julsah war skeptisch. »Und warum haben dich die Wachen nicht entdeckt? Bis du gesprungen bist, standest du doch für alle sichtbar an der Wand. Ich finde, das klingt alles ziemlich unwahrscheinlich.«

»Du vergisst, dass sie sich auf ihre Speere lehnten«, sagte Lequ. »Sie sahen zwar gefährlich, aber auch irgendwie erschöpft aus. Wahrscheinlich dösten sie vor sich hin und achteten nicht auf mich. Immerhin war ich nur ein Junge, und zudem noch unbewaffnet.«

»Bei uns zu Hause gibt es keine Wachen, die es wagen würden, im Dienst zu schlafen«, murmelte Julsah.

»Erzähl weiter«, bat Ilke und machte ihrem Freund ein Zeichen, dass er still sein sollte.

Lequ lächelte und fuhr fort: »Gerade als ich versuchen wollte, die Fensterflügel zu öffnen, da sah ich aus dem Augenwinkel, dass mein Sprung die Statue zum Wackeln gebracht hatte ... Verzweifelt schloss ich die Augen und hielt den Atem an, als sie auch schon mit einem Krachen umkippte. Das Getöse war unglaublich. Staub wirbelte empor, als sie auf dem Boden aufprallte, und kitzelte mich in der Nase.«

Lequ hielt kurz inne und atmete schwer. »Na, und dann spürte ich plötzlich, wie sich eine Speerspitze in meinen Rücken bohrte, und hörte eine tiefe Stimme, die mich ansprach.

Vorsichtig öffnete ich die Augen und blickte auf die Soldaten herunter, die sich unter dem Fenster aufgestellt hatten, bereit, mich zu durchbohren. Aber dann kam alles anders. Denn ein Mädchen kam die Treppe herunter – eine Offenbarung, eine Schönheit, ein Traum, kann ich euch sagen. Es war dasselbe Mädchen, das ich einige Sommer zuvor in der Sänfte gesehen hatte. Als sie mich sah, blieb sie stehen und betrachtete mich eingehend.«

»Da hast du dich wohl ganz schön dumm gefühlt, was?«, lachte Ilke.

Lequ nickte. »Das kannst du wohl sagen. Aber immerhin rettete sie mich davor, getötet und an die Wand gespießt zu werden«, sagte er und gab seiner Stimme einen düsteren, dunklen Klang.

»Ach, Lequ, jetzt mach den Kindern keine Angst«, warf Elhele ein. »Der eine der Soldaten passte immer auf uns auf – er war gar nicht so finster, wie du jetzt tust. Wir durften damals immer auf seinem Rücken reiten, und hinterher erzählte er uns die fantastischsten Gutenachtgeschichten.«

»Ich habe aber immer noch eine Narbe von dem Speer, den er mir in den Rücken gebohrt hat«, brummte Lequ beleidigt.

»Die Narbe, finde ich, solltest du den Kindern nicht unbedingt zeigen. Die würden sich sonst totlachen«, grinste der Häuptling und zwinkerte Alak und Julsah zu. »Wenn sie sie überhaupt erkennen würden.«

»Ich möchte nach Hause, um meinen Vater zu besuchen«, sagte Elhele plötzlich ernst.

»Du weißt doch, dass das nicht geht«, erwiderte Lequ. »Meinetwegen hat uns dein Vater den Krieg erklärt. Weil ich dich in die Wüste entführt und geheiratet habe.«

»Ich bin freiwillig mitgegangen«, sagte Elhele leise und lächelte ihn an. »Aber jetzt möchte ich ihn einfach wiedersehen. Ich habe das unbestimmte Gefühl, dass ihm nicht mehr viel Zeit bleibt.«

Bittend sah sie Scha-Ra an. »Du bist ein mächtiger Zauberer, kannst du mir nicht helfen?«

Scha-Ra runzelte die Stirn. »So mächtig bin ich nun auch wieder nicht, Prinzessin«, wandte er ein. »Und Frieden zwischen dem Volk der Drughs und dem der Mekks zu stiften, überlasse ich lieber Häuptling Emantucel. Aber wir müssen bald aufbrechen, und unser Weg führt uns auch nach Ras-Malam. Wenn ich eine Möglichkeit sehe, dir zu helfen, dann stehe ich natürlich gern zu Diensten.«

»Warum müssen wir plötzlich weg?«, fragte Ilke erstaunt. »Hat das etwas mit den Drachen zu tun, die heute hier waren?«

Scha-Ra runzelte die Brauen und nickte. »Ich muss mit Fürst Ighada reden.«

»Aber der Fürst zeigt sich dem Volk nicht mehr. Ich habe gehört, dass er am liebsten allein sein will und dass er sich den lieben langen Tag in seinem Turmzimmer einschließt«, gab Häuptling Emantucel zu bedenken.

Scha-Ra nickte. »Das habe ich auch gehört«, sagte er. »Aber ich hoffe, dass er bei mir eine Ausnahme macht. Ich kenne den Fürsten schon lange. Seit unserer Jugend.«

»Es ist wirklich an der Zeit, dass wir endlich versuchen, mit dem Volk der Drughs Frieden zu schließen«, sagte Emantucel. »Vielleicht gelingt uns das ja tatsächlich mit deiner Hilfe, Scha-Ra. Diese Feindschaft zwischen unseren Völkern ist idiotisch. Und wenn Fürst Ighada erst sieht, wie glücklich ihr beiden seid«, fuhr er fort und lächelte Lequ und Elhele zu, »dann wird er einsehen, dass er sich geirrt hat.«

Scha-Ra nickte. »So machen wir es, Häuptling. Aber jetzt lasst uns langsam schlafen gehen. Es ist schon spät.«

»Jetzt schon?«, sagte Ilke enttäuscht. »Lequ hat noch nicht erzählt, wie Elhele entkam und die beiden heirateten. Wir können morgen doch ausschlafen.«

»Diese Geschichte gibt es ein anderes Mal«, bestimmte Scha-Ra und erhob sich.

Der Häuptling sah ihn ernst an. »Wir sollten in den nächsten Tagen aufbrechen. Es ist eine lange Reise bis nach Ras-Malam, und wir müssen los, bevor Schehmihnih, der lebende Sand, anfängt sich zu rühren.«

»Der lebende Sand?«, fragte Alak neugierig.

Emantucel lächelte. »In der Wüste leben die Terraqus, das verstoßene Meeresvolk«, erklärte er dem Elfenjungen. »Wenn sie ihre Wanderung beginnen, um ihre Toten beizusetzen, schlägt das so viele Wellen, dass der Wüstensand so unberechenbar wird wie ein aufgewühltes Meer. Viele, die nicht vorsichtig waren oder nicht auf die Warnungen gehört haben, sind in den Sanddünen erstickt und für immer verschwunden. Man sagt, dass die Terraqus sie aufessen würden.«

Ilke lief es kalt den Rücken hinab. »Ich hoffe, dass es uns erspart bleibt, sie zu treffen«, sagte sie mit belegter Stimme.

»Es wird uns ganz sicher erspart bleiben, wenn wir rechtzeitig abreisen«, beruhigte sie der Häuptling.

»Von dieser Geschichte würde ich gern mehr hören«, sagte Julsah gespannt und sah Emantucel erwartungsvoll an.

»Später!«, mahnte Scha-Ra und winkte den Kindern. »Jetzt gehen wir wirklich zu Bett.«

Der Sand war immer noch warm, und der bleiche Mond badete die Wüste in einem magischen Licht. Alak schloss mit raschen Schritten auf zu Scha-Ra.

Der Zauberer schaute ihn freundlich an, dann legte er den Arm um Alak und drückte ihn an sich. »Du bist so still«, sagte er dann. »Was ist los?«

»Ich weiß nicht so recht, was ich sagen soll«, murmelte Alak. »Irgendwie habe ich das Gefühl, als ob jemand möchte, dass ich eine Geschichte erzähle, die ich aber gar nicht kenne. Ich weiß nicht, wie sie angefangen hat, und noch viel weniger, wie sie enden soll.«

»Weißt du denn, wie du sie erzählen sollst?«, fragte Scha-Ra.

Alak blickte den Zauberer an. »Weißt du, wie ich sie erzählen soll?«, fragte er zurück und zuckte mit den Schultern.

»Ich weiß nur, wie *ich* sie erzählt hätte«, sagte Scha-Ra. »Auf meine Weise eben.«

»Und meinst du, dass ich das auch machen soll? Sie auf meine Weise erzählen?«

Scha-Ra nickte. »Komm, lass uns noch ein Stückchen spazieren gehen.«

Die Sterne

Der Zauberer gab Arul ein Zeichen, dass er Julsah und Ilke zum Zelt begleiten sollte, dann führte er Alak über einen Pfad weg vom Lager. Die Geräusche und Lichter verschwanden mit jedem Schritt ein bisschen mehr, bis den Zauberer und den Jungen nur noch Dunkelheit und Stille umgaben.

Scha-Ra legte sich in den Sand, verschränkte die Hände hinter dem Kopf und sah in den Himmel. Alak setzte sich neben ihn und betrachtete die Sterne. Hier draußen waren sie viel klarer; das Licht des Lagers trübte den Nachthimmel und ließ die Sterne dunkler erscheinen, als sie waren. Doch hier, außerhalb des Lagers, schimmerten sie wie Edelsteine auf einer dunklen Samtdecke.

»Wie soll ich die Geschichte auf meine Weise erzählen, wenn alles vorausbestimmt ist?«, fragte der Elfenjunge und unterbrach die Stille. »Die Prophezeiung bestimmt schließlich, was Ilke und ich tun sollen. Was bleibt mir da noch an Wahlmöglichkeiten?«

»Was siehst du, wenn du den Himmel betrachtest?«, fragte Scha-Ra zurück.

»Sterne«, erwiderte Alak.

»Der Himmel dort oben sieht aus, als würde dort Chaos herrschen, nicht wahr?«

Alak nickte.

»Wir haben die leuchtenden Planeten zu Sternenbildern geordnet, damit es uns leichter fällt, sie wiederzuerkennen. Aber ob wir sie nun beim Namen kennen oder nicht, ist doch eigentlich egal, oder nicht? Sie sind ja trotzdem immer noch dort.«

»Ja«, sagte Alak nachdenklich. »Aber was hat das mit der Prophezeiung zu tun?«

»Die Prophezeiung im Buch *Phenomena* sagt nicht, was genau ihr tun sollt. Sie macht es uns nur leichter zu verstehen, was passiert.«

»Aber gibt es nicht Leute, die glauben, dass die Sternzeichen die Zukunft bestimmen?«, fragte Alak.

»Wir bestimmen die Zukunft, nicht die Sterne«, erklärte Scha-Ra ernst. »Die Sterne leuchten uns nur und machen es für jemanden, der sich im Dunklen verlaufen hat, einfacher, sich zurechtzufinden. Prophezeiungen aber existieren ganz unabhängig davon, ob jemand sie wiedererkennt oder nicht. Sie warten nur auf jemanden, der sich verlaufen hat und sie finden will. Genauso wenig wie die Sternzeichen etwas mit den Sternen machen, verändern die Prophezeiungen aus dem Buch *Phenomena* euch beide.«

»Du meinst also, dass wir genau das machen sollen, was wir für richtig halten?«, fragte Alak ungläubig.

Der Zauberer nickte. »Genau. Ihr sollt das machen, was ihr könnt. Die Prophezeiung hat euch ausgewählt, dass ihr sie erfüllt. Aber ihr macht das auf eure ganz eigene Weise.«

Alak ließ sich neben Scha-Ra auf den Rücken sinken und schaute weiter in den Sternenhimmel.

»Sind sie nicht wundervoll?«, sagte der Zauberer. »Jeder Stern ist eine Sonne. Einige sind sogar größer als unsere eigene Sonne, und einige von ihnen gibt es bereits nicht mehr.«

Alak drehte sich zu Scha-Ra. »Warum sehen wir sie dann noch?«, fragte er.

»Weil das Licht von einigen Sternen Tausende von Jahren braucht, bevor es quer durch das Universum bis zu uns gereist ist. Genauso ist es übrigens auch mit einigen Menschen. Einige leben im Herzen und in der Erinnerung von ihren Freunden und ihrer Familie weiter, auch wenn sie lange tot sind.«

»Ist Tarkan dann auch ein unsterblicher Geist oder so was?«, wunderte sich Alak.

»Nein«, rief Scha-Ra laut und schien selbst

ein wenig erschrocken über seine heftige Reaktion. »Der Zauberer Scherpa schenkte Tarkan das ewige Leben, indem er ihn zu einem Gedanken machte. Zu einem unsterblichen Gedanken. Solange jemand diesen Gedanken denken will, wird Tarkan nicht sterben.«

»Ich weiß noch, wie du uns das im Schloss erklärt hast«, sagte Alak.

Scha-Ra nickte. »Tief im Inneren habe ich die Hoffnung, dass Mentor aufhört, an dem Gedanken, der Tarkan ist, festzuhalten, und dass er wieder er selbst wird.«

»Glaubst du wirklich, dass das irgendwann passiert?«, fragte Alak neugierig.

»Ich wage es nicht, daran zu glauben. Der Gedanke ist stark und lässt denjenigen, der ihn ergriffen hat, nicht so schnell wieder los. Aber ich möchte die Hoffnung nicht aufgeben, auch wenn sie nur ein armseliger Wunsch ist. Ich hoffe von ganzem Herzen, dass sich Mentor daran erinnert, wie wir als Kinder waren, und dass er versteht, wie tief und aufrichtig ich ihn vermisse.«

»In meiner Erinnerung wirst du ewig leben«, sagte Alak ernst und streichelte dem alten Zauberer über die Hand.

»Danke. Du und Ilke werdet auch immer in meiner Erinnerung sein«, sagte Scha-Ra.

Nachdem Alak ins Zelt gekrabbelt war, um endlich auch zu schlafen, blieben Scha-Ra und Arul noch eine Weile davor sitzen und betrachteten den Nachthimmel.

»Du wusstest nicht, dass die Drachenritter kommen würden, oder?«, fragte der Winterbär ernst.

Scha-Ra schüttelte den Kopf.

»Der Stein …«, begann Arul.

»Das Auge des Parados meinst du?«

Der Bär nickte. »Das war nicht gerade eine gute Nachricht, oder?«

»Nein, leider nicht«, murmelte Scha-Ra.

»Ich freue mich darauf, wenn wir endlich weiterreisen«, sagte Arul und lächelte. »Wird es nicht Zeit, dass Alak das Schwert holt, dessen Stimme er ständig im Kopf hat?«

Der alte Zauberer nickte. »Allerdings weiß ich nicht, ob Alak schon reif genug ist, um das Schwert Kheiko führen zu können«, gab er zu bedenken. »Der Junge wirkt oft noch unsicher. Ich hoffe, dass ich ihm keine zu große Bürde auf die kleinen Schultern gelegt habe. Er ist leicht verletzbar.«

Arul nickte. »Er denkt viel«, sagte er leise. »Im Winterland ist das eine Schwäche.«

»Aber für Alak ist es eine Stärke, das dürfen wir nicht vergessen. Er muss die Wahrheit auf seine Weise finden. Möglicherweise ist das schwieriger, als auf andere zu hören, aber es wird ihn stärker machen.«

Arul brummte tief, während er nachdachte. »Sollen wir dann doch lieber noch abwarten?«, fragte er endlich.

»Zuerst muss ich herausfinden, wer das Auge des Parados gestohlen hat und warum«, entgegnete Scha-Ra. »Ich hoffe, der Fürst der Drughs kann mir dabei helfen.«

»Der Fürst der Drughs?«, fragte Arul.

»Es ist Tradition, dass die Drachenritter vom Fürsten in Ras-Malam ernannt werden«, erklärte Scha-Ra.

»Und wenn der Fürst sich für Tarkans Seite entschieden hat?«

»Dann haben wir ein Problem«, flüsterte der alte Zauberer und sah den Winterbären einen Moment ängstlich an.

»Was ist das Auge des Parados?«, fragte plötzlich jemand hinter ihnen.

Scha-Ra und Arul zuckten zusammen und drehten sich um. Alak stand breitbeinig und mit schläfrigen Augen im Zelteingang.

»Haben wir dich geweckt?«, fragte Scha-Ra.

»Nein, gar nicht. Ich konnte nicht schlafen und habe nachgedacht«, sagte der Elfenjunge und setzte sich zwischen die beiden. »Hat das Auge des Parados etwas mit den Drachen zu tun, die heute hier waren, Scha-Ra?«

»Hast du die ganze Zeit gelauscht?« Der Zauberer zog Alak lächelnd an den zerzausten Haaren.

Der Junge lächelte schläfrig und zwinkerte verschmitzt mit den Augen.

Darauf zog Scha-Ra das Buch *Phenomena* aus seiner Tasche und legte es auf seinen Schoß. Dann hielt er seine Hand einen Augenblick über das Auge auf dem Buchdeckel. Als er die Hand wieder hob, öffnete es sich und zwinkerte ein paarmal.

Alak fuhr zusammen, als er das sah, und war mit einem Schlag hellwach. Blauer Nebel begann aus dem Buchdeckel zu steigen und formte sich in der Nachtluft zu einem Meilenzeichen. Scha-Ra fuhr mit dem Zeigefinger in den Nebel, und sofort veränderte dieser seine Form. Erst ordnete er sich zu einem Auge des Wissens an und verschmolz danach zu einer Reihe anderer Zeichen, bis der Zauberer plötzlich innehielt. Sofort verschwand der Nebel, und das Buch öffnete sich wie von Geisterhand.

Alak sah den Zauberer verwundert an.

»Das hast du noch nie gesehen, oder?«, fragte Scha-Ra und lächelte.

Alak kannte das geheimnisvolle Buch. Er hatte Scha-Ra oft genug zu Hause, in der Bibliothek des Schlosses, darin lesen gesehen. Aber er hatte das Buch noch nie so genau betrachtet wie jetzt.

»Das ist Virgos Auge«, sagte Scha-Ra und deutete auf den Buchdeckel. »Es steht für das Unschuldige und sieht den Fluss des Wissens. Alle Kinder haben ein solches Auge, einen Hunger nach Wissen. Und nur ihr Kinder kennt die reine Freude darüber, etwas Neues zu lernen.«

»Das war schön«, murmelte Alak hingerissen.

»Danke«, sagte Scha-Ra und drehte leicht den Kopf. »Ich hätte vielleicht eher Dichter als Zauberer werden sollen.«

»Der blaue Rauch, der von dem Buch aufgestiegen ist …«, fuhr Alak fort, »… *den* hatte ich eigentlich gemeint.«

Arul lachte gedämpft und sah zu Scha-Ra hinüber, der mit den Schultern zuckte und theatralisch seufzte.

»Nun ja, dann bleibe ich eben doch Zauberer«, sagte er und kicherte leise. Dann begann er eilig, durch das Buch zu blättern. Auf einer Seite hielt er inne und zeigte auf eine Reihe von Meilenzeichen. Der Buchseite sah man deutlich an, dass sie einmal nass geworden war – mehrere der Zeichen waren verschwommen.

»Das ist das Zeichen, das im Bestimmungsrahmen steht …«, murmelte Alak nachdenklich und sah Scha-Ra an. »Ist das eine Tür?«

»Oder ein Drache«, sagte Arul, der dem Ganzen eifrig folgte.

»Schwierig zu lesen, wenn es so verschwommen ist«, fand Alak.

»Und wenn es nun beides bedeutet?«, schlug Arul vor.

Alak schüttelte den Kopf. »Ein solches Zeichen gibt es nicht. Oder, Scha-Ra?«

Der Zauberer betrachtete Alak nachdenklich. »Arul hat recht«, sagte er dann. »Das ist das Auge des Drachen.«

»Aber wieso hast du uns das nie beigebracht?«, wunderte sich Alak.

»Das ist ein Zeichen, das nie verwendet wird. Das Auge des Drachen ist ein magischer Edelstein, der wie ein Auge geformt ist. Er besitzt gewaltige Kräfte und kann denjenigen, der mit ihm in Berührung kommt, mühelos auslöschen. Man sagt auch, dass er den Weg in andere Welten öffnen kann.«

»Willst du damit sagen, dass es mehr Welten gibt als unsere?«, fragte Alak mit großen Augen.

Der alte Zauberer nickte ernst. »In einem Märchen, das ich gehört habe, als ich klein war, verschloss König Weha das Portal zwischen den Welten, als die bösen Zauberer versuchten, die Macht über alle Geschöpfe des Universums zu ergreifen.«

Alak blickte Scha-Ra verwundert an. »Aber warum zerstörte König Weha den Stein nicht, wenn er so gefährlich war?«

»Das Auge des Parados besitzt so starke Kräfte, dass nicht einmal König Weha in der Lage war, den Edelstein zu zerstören«, sagte Scha-Ra. »Deshalb überließ er ihn den Drachen, den edelsten aller Geschöpfe. Sie würden ihn nie benutzen, um Macht über andere zu erlangen, das wusste der weise König.«

»Hat das etwas mit der Prophezeiung zu tun?«, überlegte Arul.

»Bisher nicht«, antwortete Scha-Ra. »Wenn aber jemand die Kräfte des Edelsteins missbraucht, dann kann das ernste Folgen für die gesamte Welt haben und für alle, die auf ihr leben.«

»Und wenn derjenige die Tür zu den anderen Welten öffnet, dann …«

Scha-Ra unterbrach Alak. »Ja, du hast recht«, sagte er schnell. »Das hätte nicht nur Folgen für unsere Welt. Wenn die Portale zwischen den Welten geöffnet würden, bliebe nichts beim Alten, so viel ist sicher. *Wenn* etwas Wahres dran ist an dem Märchen, das ich als Kind gehört habe.«

»Was können wir tun?«, fragte Alak.

Scha-Ra lächelte. »Ihr braucht gar nichts zu tun. Ich werde mit dem Fürsten der Drughs sprechen, und dann sehen wir schon, wie es weitergeht.«

»Glaubst du, dass es Tarkan war?«, fragte Arul. »Ich meine, glaubst du, dass Tarkan das Auge des Parados gestohlen hat?«

»Ich weiß nicht«, sagte Scha-Ra. »Lasst uns hoffen, dass Tarkan nichts davon weiß.«

»Hast du Parados' Auge eigentlich schon einmal gesehen?«, wollte Alak wissen.

Scha-Ra lächelte verschmitzt.

»Als du Drachenritter warst?«, fragte der Elfenjunge atemlos.

»Ich war der *erste* Drachenritter.«

Alak und Arul sahen Scha-Ra überrascht an.

»Das ist nicht der Rede wert«, sagte der alte Zauberer und winkte ab. Doch Alak und Arul gaben keine Ruhe. Unruhig rutschten sie hin und her und gaben Scha-Ra zu verstehen, dass sie mehr hören wollten.

»Vor etwas mehr als dreihundertfünfzig Jahren, als ich noch ein junger Mann von plus minus sechzig war ...«, sagte Scha-Ra und zwinkerte Alak zu, der seinerseits grinste, »... damals also wurden die Drachen ständig von Räubern und Abenteurern angegriffen und ausgeplündert. Irgendwie hatte sich die alte Sage von einem enormen Schatz verbreitet, den die Drachen angeblich bewachten.«

»Stimmte das denn nicht?«, fragte Alak.

Scha-Ra zuckte mit den Schultern. »Die Wahrheit wird immer verdreht, weißt du. Und mit den Jahren verbreitete sich das Gerücht, dass die Drachen angeblich einen Schatz bewachen. Dabei geriet jedoch der Ursprung aller Gerüchte, das Auge des Parados, in Vergessenheit. Fast niemand erinnerte sich, welche zerstörerischen Kräfte der Edelstein besaß. Und es interessierte auch niemanden mehr, dass Drachen wahrhaft königliche Geschöpfe sind, die sich nicht um Gold und Edelsteine scheren. Ihr Reichtum ist die Luft unter den Flügeln und die aufgehende Sonne, die ihnen einen neuen Tag schenkt. Die Leute interessierte nur der kostbare Schatz. In der Hoffnung, ihn zu finden und reich zu werden, zogen sie zum Murem-Gebirge, wo er der Sage nach versteckt sein sollte. Als sie bei den Drachen jedoch keinen Schatz fanden, erbeuteten viele dieser Glücksritter Drachenjunge und Eier, die sie verkauften. Diejenigen Dracheneltern, die ihre Nester verteidigten, wurden grausam getötet.« Scha-Ras Stimme wurde immer trauriger. »Zum Schluss waren nicht mehr viele übrig«, sagte er leise. »Es war irgendwann im Herbst, als ich Panthelum das erste Mal begegnete.«

»Panthe… was?«, fragte Alak.

»Panthelum, das ist die Mutter aller Drachen. Sie ist das schönste Geschöpf, das du dir nur vorstellen kannst.« Scha-Ra lächelte versonnen, als würde er sie gerade vor sich sehen. »Ich war in Ras-Malam im Dienste des Fürsten Hadiah, als ich sie zum ersten Mal sah. Zu dieser Zeit waren einmal wieder einige Abenteurer oben im Gebirge gewesen, um nach dem Schatz zu suchen. Weil sie ihn nicht finden konnten, hatten sie ein paar Drachenjunge gestohlen, die sie auf dem Markt von Ras-Malam verkauften.«

Scha-Ra seufzte. »Auch wenn ich den Handel mit Drachenjungen nicht mochte, konnte ich doch nichts dagegen tun: Ich war der Ratgeber des Fürsten – und dieser wiederum war abhängig von Leuten, die in seine Stadt kamen, um Waren zu kaufen und zu verkaufen.«

»Warst du denn damals gar kein Zauberer?«, fragte Alak.

»Begriffe wie ›Zauberer‹, ›Weiser‹ und ›Ältester‹ sagen nur etwas darüber aus, was du tust, aber nichts darüber, wer du bist«, erklärte Scha-Ra, bevor er fortfuhr. »An dem Tag, an dem die Abenteurer ihre Beute auf dem Markt anbieten wollten, hörte man bereits am frühen Morgen ein mächtiges Sausen über der Stadt. Ein riesiger Drache verdeckte die Sonne. Er kam direkt auf uns zugeflogen und landete mitten auf dem Marktplatz. Noch nie hatte jemand einen so großen Drachen gesehen, und es brach Panik aus. Sofort kamen die Soldaten des Fürsten herbeigeeilt, schwer bewaffnet und wild entschlossen, die Einwohner von Ras-Malam zu beschützen. Sie stachen dem Drachen ihre Speere in die Seiten. Wie erstaunt wir alle waren, dass er sich überhaupt nicht wehrte. Er betrachtete uns nur traurig. Dann zog er eine goldene, mit zierlichen Mustern und Meilenschrift dekorierte Schatulle aus einer Bauchfalte und hielt sie uns hin. Der Fürst gab mir ein Zeichen, dass ich sie entgegennehmen und mit dem Drachen verhandeln sollte. Ich muss gestehen, dass ich Angst hatte, aber da war etwas in seinen Augen, das mir sagte, dass er uns nichts Böses wollte. Also ging ich mutig auf ihn zu. Als ich vor ihm stand, sagte er mit lauter Stimme – damit alle Anwesenden ihn hören konnten –, dass dies der einzige Schatz sei, den die Drachen besäßen, und dass er ihn Fürst Hadiah gerne überlassen würde, wenn er im Gegenzug seine Jungen zurückerhielte und das Versprechen bekäme, dass wir die Drachen künftig in Frieden lassen würden. Der Fürst versprach es dem riesigen Tier und gab den Befehl, dass die Drachenjungen sofort freigelassen werden sollten und dass sie zusammen mit ihrer Drachenmutter ungehindert die Stadt verlassen dürften.«

Alak atmete sichtlich auf. Scha-Ras Geschichte hatte ihn so sehr in Bann gezogen, dass er ganz still gesessen und mit großen Augen jedes Wort in sich aufgesogen hatte.

»Bevor die Drachenmutter mit ihren Kinder davonflog, erzählte sie uns, dass die Schatulle das Auge des Parados enthielt«, berichtete Scha-Ra weiter. »Und sie fügte noch hinzu, dass es große Verantwortung bedeute, wenn man diesen Edelstein sein Eigen nennt. Der Fürst war zu Tode erschrocken, als er verstand, was ihm der Drache da gegeben hatte. Monatelang versuchte er, den Stein zurückzugeben, doch die Drachen weigerten sich, ihn wieder an sich zu nehmen.

Schließlich machte ich den Vorschlag, dass wir eine Abmachung mit ihnen treffen könnten: Die Drachen sollten weiter den Stein bewachen, und im Gegenzug dafür würde Fürst Hadiah ein eigenes Heer aufstellen, das die Drachen gegen Eindringlinge und Plünderer verteidigte.«

»Und der Drache, der seine Jungen zurückholte, war …«, sagte Alak leise.

»Panthelum«, flüsterte Scha-Ra.

»Wusste der Fürst, wie gefährlich der Stein war?«, fragte Alak. »Ich meine, weil er doch so viel Angst bekam.«

Scha-Ra blätterte im Buch *Phenomena.* »Hier steht geschrieben, dass das Auge des Parados Leben spendet, solange es von einem guten Herzen bewacht wird. Wenn der Edelstein jedoch in schlechte Hände gerät, bringt das Tod und Verderben mit sich.« Nachdenklich sah der Zauberer Alak an. »Wir alle tragen Gedanken in uns, die nicht besonders schön sind. Ich kann nicht mit Gewissheit sagen, ob der Fürst alles über den Stein wusste, aber ich glaube, dass er Angst hatte, der Stein könnte solche Gedanken bei ihm finden.«

»Willst du damit sagen, dass der Fürst Angst davor hatte, dass ihm das Auge des Parados Leid zufügen würde?«, fragte Alak.

Scha-Ra lächelte. »Alle haben eine kleine dunkle Ecke in ihrem Herzen. Ich glaube, dass es diese Ecke war, die dem Fürsten Angst machte«, erklärte er.

»Und jetzt sollen wir das Augc des Parados finden, statt das Schwert aus dem Merwihl-Gebirge zu holen?«, fragte Alak wissend.

Scha-Ra sah ihn traurig an. »Hast du gehört, was ich vorhin zu Arul gesagt habe? Dass du möglicherweise noch nicht reif genug bist, um ins Merwihl-Gebirge zu ziehen?«

Alak nickte.

Der Winterbär zuckte zusammen, weil er sich daran erinnerte, was er selbst dazu gesagt hatte.

»Auserwählt zu sein bringt viel Verantwortung mit sich«, fuhr Scha-Ra mit ruhiger Stimme fort. »*Phenomena* bereitet euch auf den großen Krieg auf der Gredom-Ebene vor. In dem Buch steht ausdrücklich geschrieben, dass zuvor aber alle möglichen Prüfungen auf euch warten. Und jede einzelne dieser Prüfungen wird dazu beitragen, dass ihr zu den Elfen werdet, die schließlich die Prophezeiung erfüllen. Zu den Elfen, die Aldra eines Tages zu einem gerechten und schönen Land machen werden – und zwar für alle die, die hier leben.« Er legte seine Hand auf Alaks Brust und sah dem Jungen tief in die Augen. »Du hast eine Stimme in dir, auf die du achten und auf die du hören musst!«, flüsterte er eindringlich.

»Meinst du das Schwert?«, fragte Alak aufgeregt.

»Ja. Erinnerst du dich an meine Erzählung, warum König Weha es im Merwihl-Gebirge von sich warf?«

Alak nickte. »Ja. Weil Tarkan nicht auf das Schwert hören wollte, das ihm Weisheit und Gerechtigkeit schenkte.«

»Ganz richtig«, nickte Scha-Ra. »Achte deshalb genau auf die Stimme des Schwertes. Und vor allem: Höre immer auf sie, dann wirst du wachsen und dir eines Tages deiner Entscheidungen ganz sicher sein.«

»Erst dann kann ich also das Schwert holen, oder?«, fragte Alak.

»Erst dann«, lächelte Scha-Ra und nickte freundlich.

»Aber immer, wenn sie zu mir spricht, höre ich auf die Stimme«, wandte der Elfenjunge ein.

Scha-Ra sah ihn nachdenklich an. »Könnte es sein, dass du der Stimme manchmal nicht vertraust und am liebsten etwas anderes tun würdest als das, was sie dir vorschlägt?«

Alak öffnete schon den Mund, um zu widersprechen, als ihm plötzlich ein Schauder den Rücken hinunterlief. Er erinnerte sich daran, wie er in Emblaz von den Soldaten verfolgt wurde und die Stimme ihn bat, einen Umweg zu machen. Er hatte sich geweigert, doch seine Beine gehorchten nicht ihm, sondern der Stimme in seinem Kopf. Dasselbe war ihm unmittelbar danach im Hafen passiert: Seine Vernunft hatte ihm gesagt, wie gefährlich es sei, sich vom Kai ins schäumende Meer zu werfen – aber die Stimme in seinem Kopf hatte lauthals geschrien, dass er springen solle.

Scha-Ra schien zu spüren, was in dem Elfenjungen vorging, und legte den Arm um Alak. »Ich weiß, dass es nicht immer einfach für dich gewesen ist«, tröstete er den Jungen. »Und ich weiß nur allzu gut, dass du dich oft gefragt hast, warum dich die Stimme um das eine oder andere bat. Du wolltest Erklärungen, wolltest verstehen. Das ist nachvollziehbar und irgendwie auch verständlich. Aber bitte tu mir einen Gefallen: Schieb die Stimme nicht einfach beiseite, wie es Tarkan getan hat.«

Lächelnd klopfte der alte Zauberer Alak auf die Schulter und sagte: »So, und jetzt denk nicht mehr daran – ich passe immer auf euch auf, unabhängig davon, wo ihr seid. Und wenn du dir über irgendwas Gedanken machst, kannst du mich immer fragen.«

»Und was ist, wenn du einfach wieder verschwindest, wie damals im Monaga-Fluss?«

»Hab keine Angst, mein Junge«, beruhigte ihn Scha-Ra. »Ich passe immer auf euch auf, egal, wo ich bin, denn ich kann euch in mir spüren.«

Alak lächelte. »Wie in Emblaz, als du wusstest, dass wir im Kerker eingesperrt waren?«

»Solange ich *Phenomena* habe, weiß ich, dass es euch gut geht«, sagte Scha-Ra.

»Und woher weißt du das so genau?«, erkundigte sich Alak skeptisch.

»Es steht geschrieben, dass das Buch verschwinden und tausend Jahre lang vergessen sein wird, wenn ihr die Prophezeiung nicht erfüllt. *Phenomena* ist abhängig von euch, so wie ihr von *Phenomena* abhängig seid. Ihr seid nämlich das letzte Kapitel des Buches!«, erklärte Scha-Ra freundlich.

»Und du bist der letzte Hüter von *Phenomena?*«

»Auf jeden Fall der letzte in diesem Jahrtausend«, sagte der Zauberer.

»Und wenn du das Buch verlierst …«

Scha-Ra schüttelte entschieden den Kopf. »Ich verliere es nicht – wir sind aneinandergebunden, *Phenomena* und ich.«

Alak legte den Kopf auf die Seite und sah Scha-Ra prüfend an.

»Wir sind aneinandergebunden wie du an deine Kleider«, sagte Scha-Ra und lachte.

»Aber die ziehe ich aus, wenn ich schlafen oder baden will«, wandte Alak mit vor Schreck geweiteten Augen ein.

»Ich schlafe nie …«, beruhigte ihn Scha-Ra mit einem verschmitzten Augenzwinkern, »… und mich zwingen auch keine Erwachsenen, ein Bad zu nehmen.«

Alak schüttelte den Kopf und gab Scha-Ra einen freundlichen Schubs.

»Unabhängig davon, was geschieht«, fuhr Scha-Ra fort, »darfst du nicht erlauben, dass dich etwas oder jemand daran hindert, auf die Stimme in dir zu hören.«

»Das verspreche ich, aber …«

»Niemals!«, unterbrach ihn Scha-Ra.

»Gut. Ich verspreche es«, versicherte Alak.

Der Zauberer nickte zufrieden. »Aber jetzt musst du schlafen«, entschied er und half Alak auf die Beine. Der Junge nickte und wankte mit letzter Kraft zu seiner Schlafstätte. Erschöpft legte er sich zwischen Ilke und Julsah, die in tiefem Schlummer lagen.

Ich werde es nie so wie Tarkan machen, war das Letzte, was Alak dachte, bevor er die Augen schloss und ebenfalls wegdämmerte.

»Gerade wenn du dir so sicher bist, dass du sicher stehst, musst du aufpassen, nicht zu stolpern und zu fallen«, sagte eine glasklare Stimme in seinem Kopf.

Alak schlug die Augen auf und setzte sich abrupt auf.

»Niemals«, sagte Alak.

Doch die Stimme antwortete ihm nicht.

Bosheit

Der Zauberer Scherpa

Der bittere Gestank von Schwefel brannte in der Nase, und der Staub, den Tausende Soldaten aufgewirbelt hatten, legte sich wie ein düsterer Schleier über den Himmel.

Tarkan lehnte sich aus dem Turmfenster und betrachtete die Menschenmassen dort unten. Dann drehte er sich langsam in das Halbdunkel des Raumes um und betrachtete Scherpa, der zusammengesunken auf seinem Thronsessel saß.

»Du hast es nicht geschafft, Scha-Ra oder eines der Kinder aufzuhalten«, sagte Scherpa tadelnd. Seine Stimme klang scharf und verhallte mit einem leisen Echo.

Tarkan beugte demütig den Kopf, doch in ihm raste der Zorn. Nachdem Scha-Ra ihn an der Efraïber-Quelle besiegt hatte, war er so lange als Wolke am Himmel herumgetrieben, bis Scherpa ihn zu sich gerufen hatte. Und hier stand er nun, geschwächt vom Kampf und irgendwie verzweifelt. Die Tatsache, dass Scha-Ra ihn hatte gehen lassen, schmerzte Tarkan fast noch mehr als seine Wut, unterlegen zu sein. Und dass Scha-Ra ihn ganz offensichtlich immer noch gern hatte, ihn, seinen Bruder, das versetzte ihm Stiche an Stellen, die er schon längst vergessen zu haben glaubte.

»Warum hast du versucht, dem Mädchen den Eisschmuck zu nehmen?«, schnarrte Scherpa wütend. »Ich habe dir doch ausdrücklich befohlen, dass du damit warten solltest, bis ich dir die Stärke gegeben hätte, die du dafür brauchst.«

Tarkan starrte den alten Zauberer ausdruckslos an, der kaum noch die Kraft hatte, aufrecht auf dem Thronsessel zu sitzen. »Ich habe ja gewartet«, entgegnete er kühl, »doch die Stärke kam nie.«

»Es hat mich viel gekostet, im Fluss gegen Scha-Ra zu kämpfen«, entgegnete Scherpa. »Und noch mehr, als ich versuchte, ihn festzuhalten. Ich war noch nicht bereit. Du hättest abwarten sollen – das war dein Fehler.«

»Ach, es waren doch nur Kinder«, sagte Tarkan unwillig.

»Kinder sind am schwierigsten. Ich hoffe, das hast du mittlerweile gelernt. Sie sind unberechenbar und gefährlich. Sie denken nämlich ganz anders als wir Erwachsenen. Also: Nächstes Mal wartest du auf mich, verstanden?!«

Tarkan nickte.

»Die erste Prophezeiung aus dem Buch *Phenomena* ist bereits erfüllt. Da kann man jetzt nichts mehr machen«, fuhr Scherpa fort. »Das Mädchen ist nicht mehr so wichtig. Aber wir müssen den Jungen unter allen Umständen daran hindern, Kheiko zu finden, das Schwert der Weisheit. Die Elfenkinder dürfen auf keinen Fall ins Merwihl-Gebirge gelangen.« Der alte Zauberer wies mit zittrigem Finger auf Tarkan. »Du musst sie aufhalten! Und wenn es gar nicht anders geht, töte sie!« Er beugte sich zu Tarkan hin und lächelte boshaft. »Aber es gibt noch eine andere Möglichkeit.«

Tarkan sah Scherpa aufmerksam an.

Dieser grinste hämisch. »Scha-Ra ist nicht der Einzige, der weiß, was im Buch *Phenomena* steht. Das hilft uns zu planen. Also hör zu: Eine Nacht und zwei Nächte lang werden die Auserwählten im Tal des Schattens wandern, heißt es dort. Und die Stimme Tarkans wird zu vernehmen sein, ohne dass der Wächter ihm antworten und ohne dass er seine starke Hand über die Auserwählten halten kann. In diesem Moment wird die Stimme des Schwertes laut und deutlich in dem Auserwählten sprechen. Und solange er auf die Stimme der Gerechtigkeit und der Weisheit hört, wird es ihnen gut ergehen. Doch wenn er sich entscheidet, ihr nicht mehr zu folgen, wird ihn die Stimme verlassen, und das Land wird dem Bösen übergeben werden. Für ein oder zwei Jahre lang.«

Scherpa machte eine kleine Pause und sah Tarkan siegessicher an. »Ich werde Scha-Ra schon zu dem einen oder anderen Unglück verhelfen, über das er sich Sorgen machen kann«, grinste der alte Zauberer. »Und während er sich damit beschäftigt, trenne ich ihn von den Kindern. Mit etwas Glück wird sich der Junge dann gegen die Stimme in seinem Kopf entscheiden.«

Scherpa bekam ganz kleine Augen vor Boshaftigkeit und kicherte leise. »Wir machen die Elfenkinder dann zu unseresgleichen«, zischte er. »Als Erstes bringen wir sie dazu, dass sie nur noch mit dem Kopf denken, statt mit dem Herzen. Dann lehren wir sie, dass sie immer zuerst an sich denken, bevor sie einen Gedanken an andere verschwenden. Der Junge ist immer noch schwach, er zweifelt.«

Der greise Zauberer deutete auf Tarkan. »Du musst nach San-Alabar reisen. Jetzt gleich. Und dort werde ich sie zu dir führen.« Mit einem hämischen Lachen faltete er die Hände im Schoß. »Ihre Stärke ist zwar, dass sie noch Kinder sind, aber Kindern kann man Angst machen. Und wenn die kleinen Plagen erst mal Angst haben, tun sie Dinge, die sie eigentlich gar nicht wollen.«

Tarkan sagte nichts, er wusste, dass Scherpa recht hatte.

Dieser gab ein raues Lachen von sich, das im Turmzimmer widerhallte, und funkelte Tarkan herausfordernd an.

König Edëus

Unversehens wurde die Tür zum Turmzimmer aufgestoßen, und ein kräftiger Soldat in glänzender Rüstung und schwarzem Bart kam hereingestürzt. Den federgeschmückten Helm hielt er im Arm.

»Wer wagt es einzutreten, ohne vorher anzuklopfen?«, schrie Scherpa erbost und erhob sich mit einer gewaltigen Kraftanstrengung aus dem Sessel.

Der Soldat blieb wie angewurzelt stehen, als er den Zorn in der Stimme des alten Zauberers vernahm. Er schien plötzlich verunsichert und verwirrt, verbeugte sich linkisch und ging wieder hinaus.

Die schwere Tür schlug mit lautem Knall hinter ihm zu.

Scherpa lächelte Tarkan zu und zuckte mit den Schultern. »Manchmal müssen selbst Könige zurechtgewiesen werden!«, grinste der Zauberer hämisch.

»Wer regiert eigentlich das Reich im Norden?«, fragte Tarkan ironisch zurück.

Scherpa warf den Kopf nach hinten und lachte lauthals. Beinahe so laut, dass er das zaghafte Klopfen des Königs an der schweren Eichentür übertönte. »Wollen wir ihn hereinlassen?«, fragte der alte Zauberer.

»Der König beginnt die Geduld zu verlieren«, mahnte Tarkan leise.

»Das ist nicht gut«, murmelte der Alte. Schnell hob er die Hand, und unversehens glitt die Tür langsam und mit einem klagenden Ton auf. »Na, dann komm schon, komm schon!«, fauchte Scherpa zur Begrüßung und winkte dem Ritter. »Worauf wartest du?«

König Edëus trat rasch ein und verbeugte sich vor dem Zauberer. »Ich habe eine Beschwerde ...«, sagte er dann und zeigte mit einem zitternden Finger auf Scherpa.

»Ist deine Beschwerde so wichtig, dass du deinem Zauberer nicht den gebührenden Respekt erweist?«

Der König wich verängstigt zurück und nahm seinen Helm ab. Scherpa ließ den König mit einer wegwerfenden Bewegung wissen, dass er fortgehen könne.

»Deine Nurqus haben Waldorm zerstört; sie haben die Häuser verwüstet und töten nun die Leute, die dort wohnen.«

Scherpa seufzte resigniert, ging jedoch sofort zum Gegenangriff über. Er bohrte seine Finger in die Brust des Königs und hielt ihn fest. »Ein Krieg kostet eben Geld und Leben«, zischte der Zauberer. »Und wenn du nicht bereit bist, das zu bezahlen, dann bist du vielleicht langsam überflüssig. Hast du dir das schon einmal überlegt?«, flüsterte er drohend.

Der König wurde bleich. Das Letzte, was er bewusst wahrnahm, war ein Gefühl der Angst. Dann verschwamm alles vor seinen Augen, und er fiel leblos zu Boden.

Der Zauberer beugte sich über Edëus und griff zu. Als er sich wieder aufrichtete, hielt er ein pulsierendes Herz in seiner rechten Hand.

»Ich habe diesen Krieg nie für dich oder deine Vorfahren geführt – merk dir das!«, zischte Scherpa. »*Ihr* habt ihn für mich geführt. Damit ich mächtiger werde. Vergiss nie: Der wirkliche Herrscher in deinem Reich bin ich!«

Einen Augenblick herrschte vollkommene Stille in dem Raum. Es war so still, dass man das Herz in Scherpas Hand schlagen hörte.

Dann begann sich der König zu rühren, und das Geräusch seiner Fingernägel auf dem Steinfußboden und sein schwerer Atem unterbrachen die Stille. Edëus setzte sich auf die Knie und blickte Scherpa mit einem schreckerfüllten, bleichen Gesicht an.

»Ich besitze deinen Willen«, sagte Scherpa

ruhig und hielt ihm das rote Herz hin. »Ich bin es, der dich am Leben erhält … und ich bin es auch, der dich zerstören kann.«

Er drückte das Herz in seiner Faust zusammen.

Ein Schmerz fuhr dem König durch den Leib, und er hielt sich stöhnend die Brust. Als er das Loch in seiner Rüstung entdeckte, stieß er einen Schrei aus und kippte mit vor Schreck geweiteten Augen nach hinten. Hilflos wie ein Käfer blieb Edëus so liegen. Sein Körper zuckte, und sein Blick irrte hilflos im Raum umher.

Der Zauberer beugte sich über ihn. »Dein Vater wurde im Alter auch schwierig. Er überschätzte seine Macht und verstand nicht, welche Rolle ihm als König zukam. Er vergaß, dass es mich schon gegeben hat, bevor er zur Welt kam. Ich bin schon immer hier – Könige aber kommen und gehen. Du fragst dich sicher, warum dein Vater dich als Kind nicht geliebt hat, oder? Ich verrate es dir: Er hatte auch kein Herz.«

Scherpa lächelte und strich Edëus sanft über das Haar. »Ich habe es ihm genommen, genauso wie ich mir auch deines genommen habe!«

Der König wimmerte schwach, und seine Augen füllten sich mit Tränen.

Scherpa verschränkte die Arme auf dem Rücken und lauschte dem schluchzenden Edëus eine Weile interessiert. Dann befahl er unwirsch: »Los jetzt, steh endlich auf und mach, dass du raus kommst! Du hast Pflichten. Geh und erfülle sie!«

König Edëus erhob sich langsam und blieb einen Augenblick unsicher stehen, um das Gleichgewicht wiederzuerlangen. Dann wankte er schwer atmend nach draußen.

Scherpa schüttelte den Kopf, machte eine Bewegung mit der Hand, und die Tür fiel krachend hinter Edëus ins Schloss.

»Kann er wirklich ohne Herz leben?«, fragte Tarkan und drehte sich zu Scherpa um.

»Wenn ›leben‹ bedeutet, dass er weiter existiert, dann ja«, sagte der Zauberer. »Diesem Muskelpaket wird eine übertriebene Bedeutung beigemessen. Aber ohne Herz fehlen nicht nur der eigene Wille, sondern auch die Hoffnung.« Scherpa kicherte höhnisch. »Wie willst du aber ohne Hoffnung ein würdiges Leben führen?«

Das Portal

Tarkan beobachtete vom Turmzimmer aus, wie die Soldaten draußen Aufstellung nahmen und nur noch auf den Befehl warteten, zur Grenze des Landes Aldra zu marschieren. Hinter ihnen ritten die Nurqus, in lange schwarze Umhänge gehüllt. Ihre ledernen Flügel vibrierten im kühlen Wind. Sie knurrten und fletschten ihre langen weißen Raubtierzähne. Die umstehenden Leute bekamen es mit der Angst zu tun und hasteten schnell über die Straße, um sich in Sicherheit zu bringen.

»Sie haben das Auge des Parados aus dem Murem-Gebirge geholt, den Edelstein, den du mit nach San-Alabar nehmen sollst, um das Portal zur anderen Welt zu öffnen«, erklärte Scherpa. »Die Nurqus begleiten dich, wenn du die Grenze überquerst. Sobald du die Aufgabe, die ich dir gestellt habe, gelöst hast, schicke ich die erste Invasionstruppe los.« Er kniff die Augen zusammen und sah Tarkan misstrauisch an. »Also sobald ich das, was ich aus der anderen Welt brauche, von dir bekommen habe.

Ich möchte dir etwas zeigen«, fuhr Scherpa

ernst fort und zeigte auf eine nackte Wand auf der anderen Seite des Raumes. Dort stand etwas in Meilenzeichen geschrieben.

Tarkan drehte sich um und studierte die fremden Schriftzeichen.

Unvermittelt erhob Scherpa seine Handflächen und schloss die Augen. Sofort begannen die Meilenzeichen zu leuchten, und die Wand löste sich langsam auf.

Tarkan hielt den Atem an. Hinter dem Mauerwerk tauchte eine Welt auf, die er sich niemals hätte vorstellen können: Er sah Fahrzeuge, die durch die Luft flogen, Häuser, die in den Himmel ragten, und dazwischen Tausende von Menschen, die wie Ameisen herumwimmelten.

»Bring das Auge des Parados in den letzten der drei Türme in San-Alabar. Dann wird sich dort ein Portal zur anderen Welt auftun. Und wenn ich erst hindurchgetreten bin, wird Aldra bald mir gehören.«

Mit diesen Worten reichte der Zauberer Tarkan eine verschlossene Schatulle, die mit goldener Meilenschrift verziert war.

Tarkan studierte sie genau, bevor er sie entgegennahm.

»Du kannst sie gern aufmachen, wenn du willst«, sagte Scherpa und lächelte.

Vorsichtig hob Tarkan den Deckel an und öffnete ihn ganz, als er einen wunderbaren Glanz aus dem Inneren wahrnahm. Da lag er, der blutrote Edelstein, und leuchtete im Raum – das Auge des Parados.

»Fass ihn nicht an«, warnte Scherpa. »Die Kraft, die in ihm steckt, ist stark genug, um dich zu zerstören. Sei vorsichtig, wenn du ihn im Portalraum ablegst! Und vergiss nicht: Es muss schnell gehen.«

Tarkan verschloss die Schatulle wieder und steckte sie in seine Manteltasche.

Als er wieder aufsah, wurde das Bild an der Wand schwächer, löste sich langsam auf, und die Meilenzeichen erschienen wieder. Allerdings leuchteten sie nun nicht mehr.

Tarkan verharrte noch lange bewegungslos vor der Wand und starrte ungläubig das Mauerwerk an.

»Warum willst du das Portal zu der anderen Welt öffnen?«, fragte er.

Scherpa wiegte versonnen den Kopf. »Das, was du gesehen hast, ist die Menschenwelt. Die Menschen führen eigentlich immer irgendwo auf ihrer Erde Krieg gegeneinander. Und wenn sie einmal keinen haben, bereiten sie sich auf einen neuen Krieg vor. Ich möchte an dieses Wissen gelangen, an ihr Wissen über das Böse. Das ist der Schlüssel zur Macht in unserer Welt.«

»Sie scheinen mächtige Geschöpfe zu sein, die Menschen«, sagte Tarkan nachdenklich. »Aber wie willst du sie dazu bringen, dass sie dieses Wissen mit dir teilen?«

Scherpa lachte. »Das ist ja gerade das Lustige«, sagte er. »Die Menschen glauben nicht an Magie. Stell dir vor, was ich in einer solchen Welt alles machen könnte!«

Tarkan grinste.

»Ich möchte unbegrenzte Macht«, sagte der alte Zauberer versonnen. »Als ich jünger war – wesentlich jünger, so um die 3 626 Jahre –, da waren die drei Türme ein Portal zu den verschiedenen Dimensionen, zu den verschiedenen Welten. Die Türme standen jeweils in einem Königreich im Norden, im Süden und im Westen. Der König im Süden, König Weha, verschloss den dortigen Turm, nachdem einige Zauberer versucht hatten, die Kontrolle über seine Welt zu erlangen. Das war der Beginn des großen Krieges zwischen dem König im Norden und dem König im Süden.«

»Und nun hast du vor, den Turm wieder zu öffnen?«, fragte Tarkan.

Scherpa nickte. »Die anderen Türme sind

bereits wieder aufgebaut und instand gesetzt. Jetzt fehlt nur noch der südliche Turm. Übrigens bin ich nicht der Einzige, der sehnsüchtig darauf wartet, dass wir ihn öffnen: Eine Gruppe Zauberer ist nämlich auf der anderen Seite zurückgeblieben, als König Weha damals den Turm in San-Alabar verschloss. Und nun warten sie sehnsüchtig darauf, dass sich das Portal zu den anderen Dimensionen wieder öffnet und sie in ihre Welt zurückkehren können, wo man an ihre Kräfte glaubt.«

Tarkan sah einen Moment so aus, als ob er nicht verstand, was Scherpa gerade gesagt hatte. »Meinst du wirklich, dass Zauberer aus unserer Welt in der Welt der Menschen leben?«

Scherpa nickte. »Ja. Und sie warten seit Tausenden von Jahren, dass ich zu ihnen komme. Alles, was ich noch tun muss, ist, den letzten Turm zu öffnen. Und nun ist endlich die Zeit dafür gekommen.«

Aussicht über die Ebene von Gredom

Tarkan ließ seinen Blick über den Rand des Gebirgskammes und die mit Gras bewachsene Ebene von Gredom hinweggleiten. Der Wind zog mit aller Macht an ihm und wollte ihn unbedingt mit sich fortreißen. Doch Scherpa hatte Tarkan verboten, die Truppen als Wolke zur Grenze zu führen. Er seufzte und schüttelte die Böen unwillig ab. Um wie viel lieber hätte er sich jetzt geschmeidig durch die Luft bewegt – aber Befehl war Befehl. Tarkan ballte die Fäuste und konzentrierte sich darauf, seine leibliche Gestalt nicht zu verlieren.

Die Sonne stand hoch am Himmel, und das Sonnenlicht färbte die Ebene rot. Tarkan hielt sich zum Schutz gegen das helle Licht die Hand über die Augen. Er spürte ein leichtes Unbehagen dabei, wie er so über die Ebene blickte, auf der – laut Prophezeiung – der entscheidende Krieg ausgekämpft werden sollte.

Ein Schauder lief über seinen Rücken, denn Tarkan wusste: Wenn er die Elfenkinder nicht aufhielt, würde bald sein Blut das Gras dort unten rot färben. Sein Unbehagen wuchs und wurde langsam zu Hass und Ekel: Sollten sein Leben und sein Schicksal wirklich von zwei Kindern abhängen? Nein, das durfte nicht sein! Scherpa würde sie dorthin treiben und Tarkan würde die Kinder in San-Alabar erwarten und dafür sorgen, dass sie die Prophezeiung aus dem Buch *Phenomena* niemals erfüllen würden. Tarkan ballte die Fäuste. »Ich werde euch erniedrigen«, flüsterte er und schloss die Augen, »ich werde euren Willen brechen, mit aller Macht. Genauso wie es Scherpa mit mir gemacht hat, als ich ein Kind war. Und dann, wenn nichts mehr von euch übrig ist, schenke ich euch ein neues Leben. Eine neue Persönlichkeit. Ihr werdet wie ich!«

Er holte das Herz von König Edëus hervor, das Scherpa ihm gegeben hatte. Es schlug sanft und regelmäßig in seiner Hand. Tarkan legte es zärtlich an seinen Brustkorb und spürte, wie es mit seinem eigenen Herzen verschmolz. Er atmete tief. Das Herz von Edëus überwältigte ihn, es rief Gefühle in ihm wach, die er nicht mehr gehabt hatte, seit er ein Kind war. Gefühle, die so stark waren, dass er sich erbrechen musste.

Schnell riss Tarkan sich das fremde Herz wieder aus der Brust. Er zerrte dabei so heftig, dass das Blut nur so über den Boden spritzte. Dann steckte er es wieder in die Manteltasche und schloss die Augen. Dann ging er zu seinen Leuten, um nach dem Rechten zu sehen.

Die Soldaten hatten Wachtposten aufgestellt und ruhten sich aus, bis es weiterging. Die Pferde schnaubten leise, und die Nurqus saßen ein Stückchen entfernt beisammen. Nur ihre bebenden Flügel zeigten, dass sie bereit waren, Tarkans weitere Befehle entgegenzunehmen. Sie waren bereit, weiter ins Land vorzurücken, in Richtung San-Alabar.

Tarkan hob den Arm als Signal, dass es nun weiterging. Allen voran stieg er den kleinen Weg hinab, der sich steil zum Fluss Kihldikk hinunterschlängelte.

Der Wüstensturm

Während der nächsten Tage bereiteten sich die Mekks auf die lange Reise nach Ras-Malam vor. Scha-Ra nutzte die Zeit, um Alak, Ilke und Julsah in Geografie zu unterrichten, damit sie eine genaue Vorstellung von der Reiseroute bekamen. Außerdem verkürzte sich für die Kinder die Zeit bis zur Abreise.

Alak und Julsah waren ganz besonders aufmerksam, wenn der alte Zauberer die Karte ausrollte und ihnen die verschiedenen Orte zeigte. Ilke hingegen wirkte abwesend.

»Schau, hier ist die Efraïber-Quelle«, sagte Scha-Ra, um sie zu motivieren, doch das Elfenmädchen schaute nur flüchtig auf die Karte.

»Eine Quelle gibt es dort ja mittlerweile nicht mehr«, fuhr Scha-Ra unbeirrt fort. »Wie wir alle wissen, ist die Karte in diesem Punkt veraltet. Nun liegt dort ein See, aus dem sich vier Flüsse abspalten. Zwei davon münden in die Jarda und zwei ins Meer.«

Alak strahlte und stieß seine Schwester mit dem Ellenbogen an. »Und stell dir nur vor – wir waren dabei«, rief er stolz.

»Warum heißt der See eigentlich nicht Ilke-See oder so?«, nörgelte das Elfenmädchen.

Scha-Ra stemmte die Arme in die Seiten und sah sie streng an. »Ihr seid von der Prophezeiung nicht auserwählt worden, um berühmt zu werden«, donnerte der Zauberer. »Die Prophezeiung hält größere Auszeichnungen für euch bereit. Also hör gefälligst auf, so ein Theater zu machen, junge Dame!«

Ilke sah beschämt zu Boden. »Entschuldige bitte!«, sagte sie leise. »Ich habe es nicht so gemeint. Aber ich bin so durcheinander – ich kann an nichts anderes denken als an unsere Abreise.«

»Soso, du hast also Reisefieber«, lachte Scha-Ra. »Dagegen gibt es eigentlich nur ein Mittel: Du musst im Unterricht gut aufpassen. Dann vergeht die Zeit schneller. Und außerdem hast du während unserer Reise mehr Spaß, wenn du weißt, wohin wir genau gehen und wo wir gerade sind.«

Gehorsam beugte sich Ilke über die Karte, während Scha-Ra weiter erklärte. Doch ihre Gedanken waren immer noch ganz woanders. Und als der Abend kam, fand sie, dass der Tag ewig gedauert hatte.

Am Abreisetag wurden sie von Arul geweckt. Der Bär trug ein Tablett mit einem reichhaltigen Frühstück vor sich her, das er vor den Kindern abstellte.

»Reisen wir heute wirklich ab?«, fragte Ilke eifrig und setzte sich hellwach auf. Endlich brauchte sie nicht mehr zu warten! Auf einmal fühlte sie sich wieder fröhlich und abenteuerlustig.

Alak beugte sich zum Zelteingang und sah hinaus. Draußen war es immer noch dunkel, und die kühle Nachtluft drang in das Zelt. Der Elfenjunge erschauderte kurz und packte die Decke fester um sich. »Es ist ja noch nicht einmal Morgen«, krächzte Alak mit rauer Stimme.

»Komm schon! Aufstehen, du Langschläfer!«, rief Ilke munter, die bereits in ihre Kleider geschlüpft war. »Jetzt beginnt das Abenteuer!«

Arul lächelte. »Dass die Sonne noch nicht aufgegangen ist, bedeutet nicht notwendigerweise, dass es immer noch Nacht ist«, sagte der Winterbär und wiegte bedächtig den Kopf.

»Aber es ist schon noch ganz schön früh«, nörgelte Julsah.

»Hört auf zu nörgeln, Jungs, das bringt nichts«, sagte Arul. »Die Mekks bauen schon ihre Zelte ab und treiben die Tiere zusammen. Wir reisen in einer Stunde ab.«

Der Winterbär hatte nicht zu viel versprochen: Als Alak und Julsah aus dem Zelt torkelten, war von dem Lager nichts mehr zu sehen: Alles war auf Tragen geladen und in Bündel verpackt worden. Die Ahmele waren bereits beladen und scharrten ungeduldig im Sand. Sie konnten es kaum erwarten, loslaufen zu dürfen. Ein weiches Ahmelmaul stupste Alak in den Rücken. Er drehte sich um und spürte den warmen Atem im Gesicht.

»Seid ihr bereit?«, fragte Scha-Ra munter.

»Eigentlich nicht«, entgegnete Alak mürrisch. »Wir sind ja noch gar nicht wach.«

Der Zauberer lachte. »Dein Ahmel ist jedenfalls wild darauf, endlich von hier wegzukommen, schau nur!«

Julsah und Ilke kletterten bereits auf ihre Reittiere, die kaum noch zu halten waren. Ilke versuchte ihr Ahmel zu beruhigen und zog beherzt an den Zügeln.

»Alak, kannst du das Tier bitten, Ruhe zu geben?«, nörgelte Ilke gereizt.

Alak lächelte und setzte sich rittlings auf sein Ahmel. »Mach dir keine Gedanken«, grinste er, »dein Ahmel ist nur verärgert, weil es den ganzen Tag ein Mädchen tragen muss.«

Ilke schaute ihn verwundert an. »Meinst du wirklich?«, fragte sie skeptisch und sah ihren Bruder unsicher an. Als die Jungen aber in Gelächter ausbrachen, merkte auch sie, dass Alak sie gefoppt hatte. Sie schnaubte. »Das habe ich natürlich keine Sekunde geglaubt!«, sagte sie trocken.

Arul räusperte sich und sah die Jungen streng an.

Alak schlug die Augen nieder und schämte sich ein wenig. Seitdem Julsah mit von der Partie war, hatte er sich immer öfter auf die Seite seines Freundes geschlagen – auf Ilkes Kosten. Manchmal, wenn sich ein trauriger Schein über ihre Augen legte, wünschte er sich, Julsah würde ihr freundschaftlich auf den Rücken klopfen und ihr sagen, dass auch sie zu ihnen, zu den Jungs, gehöre.

Bevor Alak sich jedoch bei Ilke entschuldigen konnte, sah er aus dem Augenwinkel Scha-Ra, der zielstrebig auf sie zugeeilt kam. Er schien keine guten Nachrichten zu haben.

»Häuptling Emantucel sagt, dass seine Späher einen starken Sandsturm zwischen hier und Ras-Malam ausgemacht haben«, verkündete der Zauberer atemlos.

Arul brummte sorgenvoll.

»Reisen wir dann nicht?«, fragte Ilke enttäuscht.

»Wir haben keine Zeit mehr, das Lager wieder aufzubauen«, erklärte Scha-Ra. »Der Sturm ist schon zu nahe. Wir müssen in einem Bogen gen Norden reiten und versuchen, ihm irgendwie auszuweichen.«

»Warum bist du so besorgt, wenn du doch schon einen Plan hast?«, fragte Alak.

Scha-Ra sah den Elfenjungen eindringlich an. »Die Mekks leben seit Hunderten von Jahren in der Wüste. Sie wissen besser als wir alle, wann die Stürme kommen und was sie von ihnen zu erwarten haben. Doch dieser Sandsturm tauchte überraschend und wie aus dem Nichts auf. Das macht mir solche Sorgen.«

»Glaubst du, dass es kein gewöhnlicher Sandsturm ist?«, fragte Arul.

»Ich fürchte, dass hinter diesem Sturm mächtigere Kräfte stecken«, antwortete Scha-Ra und runzelte die Stirn. »Möglicherweise böse Kräfte. Wir müssen dicht beieinanderbleiben und dürfen einander auf keinen Fall aus den Augen verlieren, habt ihr verstanden?«

Die Kinder nickten – keine Sekunde zu früh, wie sich herausstellte: Die Anführer der

Karawane bliesen ins Horn und gaben das Signal zum Aufbruch. Tiere und Mekks setzten sich langsam in Bewegung.

Als die Sonne am Horizont aufging, hatten sie sich schon weit von ihrem ehemaligen Lagerplatz entfernt.

Dem Tross ritten abwechselnd fünf Späher voraus, die nach dem Sturm oder anderen Gefahren Ausschau hielten und die Karawane nötigenfalls warnen konnten.

Die Elfenkinder und Julsah hielten sich dicht hinter Scha-Ra. Der Winterbär trottete direkt hinter ihnen. Alles schien so friedlich, dass die Kinder fast vergaßen, wie beunruhigt sie gewesen waren, als Scha-Ra ihnen von dem Sandsturm erzählt hatte. Der Sand knisterte unter den schwer beladenen Ahmelen, und die Schafe blökten munter.

Arul vertrug die Wärme nur schlecht, und immer wieder musste er sich von Ilke über den Kopf streichen lassen, damit ihm etwas kühler wurde.

Plötzlich kam einer der Späher auf Häuptling Emantucel zugeritten. Dieser hob sofort die Hand zum Zeichen, dass alle anhalten sollten.

Der Häuptling unterhielt sich konzentriert mit dem Späher und gab dann den Befehl, dass die Karawane weiterziehen sollte.

Arul schloss zu Scha-Ra auf. »Sie haben den Kurs geändert!«, flüsterte er aufgeregt.

»Das habe ich bemerkt«, sagte der Zauberer. »Wir haben nach Süden abgedreht – in Richtung Ras-Malam.«

»Sollten wir nicht herausfinden, warum?«, fragte Arul.

»Lass uns lieber noch ein wenig warten«, raunte Scha-Ra und drehte sich zu den Kindern um. »Erinnert ihr euch, worüber wir gesprochen haben, als wir das Lager verließen?«, fragte er.

»Ja«, ertönte es einstimmig.

Der Zauberer lächelte. »Wenn wir zusammenhalten, wird uns nichts passieren«, bekräftigte er noch einmal und nickte ihnen zu.

Alak war sich jedoch nicht ganz sicher, ob Scha-Ra ihnen nicht etwas verheimlichte. Irgendetwas an seiner Stimme sagte dem Jungen, dass der Zauberer sich noch immer Sorgen machte.

Kaum waren sie ein Stück weitergeritten, als bereits ein zweiter Späher in großer Eile angeritten kam und sein Pferd vor dem Häuptling anhielt. Er gestikulierte wild mit den Armen und zeigte nach vorn in die Wüste.

Die Leute begannen unruhig zu werden.

»Bleibt hier«, sagte Scha-Ra ernst. Dann gab er seinem Ahmel die Sporen und ritt zum Häuptling.

Arul erhob sich unruhig auf die Hinterbeine und schnupperte in der Luft.

»Riechst du etwas?«, fragte Ilke.

Er nickte mit seinem schweren Bärenkopf. »Ich kann den Sandsturm riechen«, murmelte Arul. »Er kommt rasch näher. Wir müssen unbedingt Deckung suchen.«

Scha-Ra kam zurückgeritten. »Die Späher sagen, dass uns der Sturm gefolgt ist und dass wir hier das Lager aufschlagen müssen«, sagte er hastig.

»Schaffen wir das noch?«, fragte Arul skeptisch.

»Ich weiß es nicht«, sagte Scha-Ra und begann eilig, das Gepäck von seinem Ahmel abzuladen.

In kürzester Zeit hatten die Mekks die Zelte aufgestellt, ihre Ahmele festgebunden und die Schafe unter Zeltplanen zusammengetrieben.

Dann warteten sie.

Einer der Späher ritt aus, um zu sehen, wie

weit der Sturm noch entfernt war. Als er zurückkam, liefen alle zusammen und sahen ihn erwartungsvoll an.

»Der Sturm ist verschwunden«, berichtete der Späher ratlos.

Alle sahen ihn verwundert an.

»Aber er *kann* doch nicht einfach so verschwinden«, sagte Arul leise zu Scha-Ra.

»Es sieht aber so aus«, entgegnete der Zauberer und zuckte die Schultern.

Häuptling Emantucel schien ebenfalls ratlos. Dann gab er jedoch den Befehl, dass sie aufbrechen und die Reise fortsetzen sollten.

Wortlos packten die Mekks die Zeltplanen wieder zusammen und beluden ihre Ahmele. Dann setzte sich die Karawane wieder in Bewegung.

Die Leute waren in merkwürdiger Stimmung; in all den Jahrhunderten, die sie nun schon in der Wüste gelebt hatten, hatten sie noch nie etwas Ähnliches erlebt: einen Sandsturm, der ihnen folgte, aber sofort verschwand, wenn sie das Lager aufschlugen.

Bedrückt ritten sie weiter durch die Wüste, als Häuptling Emantucel erneut das Zeichen zum Halten gab und die Marschrichtung änderte.

Lautes Murren erhob sich.

Lequ kam an Scha-Ras Seite geritten. »Die Späher berichten, dass der Sturm wieder auf uns zukommt«, sagte er sorgenvoll.

Der Zauberer wurde nachdenklich. »Was meinst du? Und was sagt dein Vater?«, fragte er. »Was hat das alles zu bedeuten?«

Lequ senkte verlegen den Kopf. »Du weißt, dass wir euch sehr schätzen. Ihr seid ein ganzes Jahr wie eine Familie für uns gewesen«, sagte er. Weiter kam er nicht, denn Häuptling Emantucel kam bereits angeritten.

»Scha-Ra«, begann der Häuptling und räusperte sich. »Ich habe mit meinen Ratgebern gesprochen. Sie und auch die Späher sind der Meinung, dass der Sand seinen eigenen Willen hat und dass er uns nur euretwegen verfolgt …«

»Was willst du damit sagen?«, fragte Scha-Ra.

»Ich weiß nicht.« Emantucel hob die Schultern und blickte den Zauberer mit Unbehagen an. »Ich habe die Wüste noch nie so erlebt. Du hast uns von Tarkan erzählt und wie das Wasser euch damals zu hindern versuchte, den Monaga-Fluss hinunterzufahren. Jetzt sage du mir, was ich glauben soll?«

Scha-Ra legte dem Häuptling beruhigend die Hand auf die Schulter. »Ich glaube, du denkst richtig, Emantucel. Dieser Sturm ist kein gewöhnlicher Sturm«, sagte er mit fester Stimme.

Emantucel seufzte und sah Scha-Ra an. »Meine Ratgeber meinen, dass wir uns hier von euch trennen und ohne euch nach Ras-Malam reisen sollten.«

Der Zauberer starrte die unruhig miteinander beratschlagende Gruppe der Mekks an. Dann nickte er. »Ich glaube, sie haben recht. Wir sollten allein weiterreisen.«

Ein weiterer Späher kam über eine Sanddüne geprescht und hielt neben dem Häuptling.

»Häuptling! Der Sturm hat sich wieder gelegt«, rief er aufgeregt.

Emantucel sah Scha-Ra an. »Dann haben wir jetzt den Beweis: Das ist kein gewöhnlicher Sturm«, sagte er und lächelte. »Aber du bist auch kein gewöhnlicher Mann. Nimm zwei von meinen Spähern. Das Schicksal meines Volkes hängt davon ab, dass ihr lebend nach Ras-Malam gelangt. Und wenn deine Geschichten über Tarkan stimmen, dann sind alle Bewohner von Aldra von euch abhängig.«

Mit diesen Worten beugte sich der Häuptling zu Scha-Ra und legte seine Arme um ihn.

»Ich wünsche dir Glück – aus tiefstem Herzen. Wir werden auf der Parsin-Ebene westlich von Ras-Malam auf euch warten.«

Der alte Zauberer nickte. »Wir sehen uns dort«, bekräftigte er ernst.

Emantucel wendete sein Ahmel wortlos und ritt zusammen mit Lequ zurück zu seinen Leuten.

»Dann ziehen wir also los«, sagte Scha-Ra gespielt munter zu den Kindern und dem Winterbären.

»Aber was ist mit dem Sandsturm?«, fragte Alak ängstlich.

»Die einzige Art, weiterzukommen, ist, dass wir den Kräften, die den Sand lenken, trotzen«, erklärte der Zauberer und wies die Späher an, den Sturm aufmerksam zu beobachten und Bescheid zu geben, falls er sich wieder zu rühren begann. Dann ritten Scha-Ra, Arul, Julsah, Alak und Ilke weiter in Richtung Ras-Malam.

Nun, da sie allein reisten, lastete die Stille besonders drückend auf ihnen. Keiner hatte Lust zu reden, sodass die einzigen Geräusche der unter den Hufen nachgebende Sand und der Wind waren, der ihnen über die Gesichter strich. Angespannt lauschten die Reisenden, ob sie Späher über den Sand galoppieren hörten, die ihnen von dem nahenden Sturm berichten würden.

Arul unterbrach die Stille als Erster. »Sie kommen«, sagte er unvermittelt und schnüffelte in der Luft. »Oh, und jetzt sehe ich auch schon den Sturm! Er ist schon sehr nah!«

»Wir binden uns mit diesem Seil aneinander fest«, sagte Scha-Ra und reichte ihnen schnell ein Seil, das er bereits um seine Hüfte befestigt hatte.

Alak knotete sich flink in die Reihe ein und gab das Ende an Ilke weiter. Schließlich wanderte es zu Julsah und Arul. Als alle fest miteinander verbunden waren, fühlten sie sich schon etwas sicherer.

Nun kamen auch die beiden Späher angaloppiert. Der Sand spritzte nur so um die Hufe der Ahmele, doch trotzdem waren sie zu langsam: Direkt hinter ihnen erhob sich bereits eine riesige Welle aus Sand.

»Ich habe Angst«, flüsterte Ilke ihrem Bruder zu. »Hältst du meine Hand bitte?«

Alak nickte und streckte seine Hand aus. »Nichts kann uns Angst machen«, tröstete er Ilke mit zusammengebissenen Zähnen. »Scha-Ra passt doch auf uns auf!«

Die Späher ritten an Scha-Ras Seite; ihre Ahmele schnauften schwer. Sie setzten schon an, aufgeregt auf den Zauberer einzureden, doch dieser schüttelte nur den Kopf.

»Bindet euch an uns fest, schnell«, befahl Scha-Ra und deutete auf Arul, der ihnen das Seilende reichte. »Uns bleibt nichts anderes übrig – wir müssen durch den Sturm hindurchreiten.«

Der Wind nahm zu.

Alle zogen sich ihre Kapuzen über die Köpfe und vor die Augen. Alak wollte sich eigentlich in einer Decke, die er am Halfter seines Ahmels befestigt hatte, einwickeln, doch Ilke hielt seine Hand wie einen Schraubstock umklammert.

»Setz dich vor mich«, schlug Alak vor. »Dann können wir die Decke um uns beide legen.«

Ilke nickte dankbar und kletterte mit beinahe akrobatischem Geschick von ihrem auf Alaks Ahmel.

Kaum hatten sich die Elfenzwillinge in die schützende Decke gewickelt, da steigerte sich der Wind bereits zum Orkan. Er heulte und übertönte alle anderen Geräusche. Er riss und zog mit Macht an den Reisenden, und der

Sand drang ihnen beißend in Augen, Ohren und sogar in den Mund.

Alak spürte, wie er schläfrig wurde. Nach den Strapazen und Aufregungen des Tages wirkten die schaukelnden Bewegungen des Ahmels und die heftigen Geräusche des Windes beruhigend auf ihn. Er schloss die Augen und seufzte leise.

»Halte dich wach!«, hörte er die Stimme in seinem Kopf rufen. »Halte dich wach! Hier sind Kräfte am Werk, die dich einlullen *wollen.* Lass das nicht zu! Schlafe nicht ein!«

Alak schreckte hoch. Doch sosehr er auch versuchte, einen klaren Kopf zu behalten – seine Lider wurden immer schwerer, und die Müdigkeit lähmte ihn. »Ich schaffe es nicht«, flüsterte Alak der Stimme zu.

»Du musst aber!«, ertönte es in seinem Kopf. »Die Kräfte warten nur, dass du endlich einschläfst, und dann werden sie dich von Ilke trennen.«

»Ich schaffe es nicht!«, schrie der Elfenjunge verzweifelt und spürte, wie sich die Müdigkeit in Schmerz verwandelte. Alaks Angst einzuschlafen und die unbekannten Kräfte des Sandsturms schnitten durch ihn hindurch wie scharfe Messer.

Neuer Sand legte sich auf seine Zunge. Der

Junge hustete und räusperte sich, während er die Decke so dicht wie möglich gegen das Gesicht drückte. Verzweifelt boxte er Ilke mit voller Kraft in den Rücken. »Hilf mir!«, schrie Alak, doch der Wind erstickte seine Worte.

Ilke boxte zurück und traf ihn in die Magengrube. Sie hatte nicht verstanden, dass er Hilfe brauchte.

Alak stöhnte vor Schmerz und lehnte sich schwer gegen ihren Rücken. Langsam, unendlich langsam entglitt er der Wirklichkeit. Im letzten Moment, bevor er vollständig vom Dunkel des Schlafes und einem wohligen Traum übermannt wurde, fühlte der Elfenjunge Ilkes Kälte. Sie tat gut und erfrischte ihn angenehm. Alak umarmte seine Schwester mit letzter Kraft und drückte sich mit dem ganzen Körper an sie.

Nun fühlte auch Ilke, dass er Hilfe brauchte – und jedes Mal, wenn sich sein Griff zu lockern begann, schickte sie Frostwellen durch Alak hindurch, damit er wach blieb.

»Wer versucht hier, uns auseinanderzubringen? Antworte mir!«, flehte Alak die Stimme in seinem Kopf an.

»Ich kann dieselben Kräfte spüren wie damals im Monaga-Fluss, als Scha-Ra zurückgehalten wurde«, antwortete sie ihm zögernd.

»Tarkan?«, fragte Alak.

»Nein«, sagte die Stimme bestimmt. Der Elfenjunge konnte ihre Besorgnis aus der Antwort heraushören. »Hier sind größere und schlimmere Kräfte am Werk.«

Alak war verwirrt.

»Bleib ruhig«, beruhigte ihn die Stimme. »Ich schicke Gedankenwellen in den Sturm hinein und versuche, die Kraft zu verwirren. Es soll ihr nicht gelingen, euch zu trennen.«

Alak lehnte sich an Ilke. Es blieb ihm nichts anderes übrig, als zu warten.

Der Sand schlug ihnen wie tosende Meereswellen entgegen, und das Ahmel der Zwillinge verlor immer wieder das Gleichgewicht. Es fühlte sich an, als ob sie gleich fallen würden, doch das Tier hielt sich tapfer aufrecht.

Nichts und niemand kann uns etwas anhaben, dachte Alak. Nicht, solange wir Scha-Ra bei uns haben. Und nicht, solange ich auf die Stimme in meinem Kopf höre.

Und auf einmal verstand Alak, was Scha-Ra gemeint hatte, als er sagte, dass die Stimme und er eins werden müssten. Er durfte die Stimme nicht mehr länger als etwas Fremdes betrachten, das sich in seinem Kopf eingenistet hatte, sondern er musste sie vielmehr als einen Teil von sich akzeptieren.

Nachdem der Sturm eine halbe Ewigkeit gewütet hatte, wurde es plötzlich auf einen Schlag still.

Die Ahmele blieben erschöpft stehen, und niemand rührte sich mehr. Scha-Ra blinzelte als Erster unter der Decke hervor, die er über sich gezogen hatte. Seine Augen fühlten sich trocken und wund an, und Sand knirschte überall auf der Haut. Vorsichtig drehte sich der Zauberer um, um sich zu vergewissern, dass es den anderen gut ging. Auch die Mekk-Späher kamen aus ihrer Deckung der schützenden Stoffschichten, in die sie sich gehüllt hatten. Arul klammerte sich noch immer an das Seil, das er sich um den Bauch gebunden hatte, und wankte unermüdlich weiter. Vor lauter Erschöpfung schien er noch gar nicht bemerkt zu haben, dass der Sturm vorbei war.

Julsah hustete unter seiner Decke, schien aber trotz allem munter.

Und dann stockte Scha-Ra der Atem. Alaks Ahmel war verschwunden. Das Seilende, das Alak und Ilke sich um die Hüften gebunden hatten, hing im Wüstensand.

Arul, der inzwischen zu sich gekommen war und den Verlust der Elfenkinder bemerkt hatte, machte sich eilig los und rannte zu Scha-Ra.

»Was ist mit Alak und Ilke?«, rief er panisch.

»Eine Nacht und zwei Nächte lang werden die Auserwählten im Tal des Schattens wandern. Und die Stimme Tarkans wird zu vernehmen sein, ohne dass der Wächter ihm antworten kann und ohne dass er seine starke Hand über die Auserwählten halten kann«, zitierte Scha-Ra auswendig aus dem Buch *Phenomena* und blickte den Winterbären erschrocken an.

»Aber du hast doch damals, als wir über das Schwert Kheiko gesprochen haben, gesagt, dass die Zeit noch nicht reif sei?« Aruls Stimme zitterte. Die Verzweiflung darüber, dass die Elfenkinder verschwunden waren, hämmerte in seinem Kopf und schlängelte als Zittern seine Wirbelsäule hinab.

Scha-Ra starrte vor sich hin und umklammerte den Sattelknopf so fest, dass seine Fingerknöchel weiß hervortraten. »Da war jemand ganz offensichtlich nicht meiner Meinung«, flüsterte er mit erstickter Stimme.

»Ich würde die ganze Zeit mit einem schweren Klumpen im Bauch herumlaufen, wenn ich wüsste, was morgen ... oder übermorgen oder ... mit mir geschehen würde ...«

Scha-Ra und Arul drehten sich zu Julsah

um, der resigniert auf seinem Ahmel saß und zu niemand Bestimmtem sprach.

Scha-Ra sah den Murtokk-Jungen zornig an. »Dieses Gespräch hättest du eigentlich nicht hören sollen«, sagte er streng. »Haben deine Eltern dir nicht beigebracht, dass du nicht lauschen sollst, wenn Erwachsene sich unterhalten?«

Julsah schüttelte den Kopf. »Alak und Ilke sind verschwunden, und ich soll einfach nur dasitzen und so tun, als ob es mich nichts anginge?«, rief er. »Verlangst du wirklich von mir, dass ich so tue, als ob nichts geschehen wäre? Bei uns zu Hause lernen wir, dass wir zuhören sollen, wenn die Erwachsenen sich unterhalten. Und wir lernen, dass wir nur den Murtokks vertrauen dürfen, sonst niemandem. Deshalb ist es ja gerade so wichtig, genau aufzupassen, was um uns herum geschieht. Dann merken wir nämlich schneller, wenn jemand vom Feind gefangen genommen wurde.«

Scha-Ra griff seinem Ahmel in die Zügel und ließ Julsah zu sich aufschließen. »So siehst du uns also?«, fragte er den Jungen. »Als deine Feinde?«

Julsah starrte trotzig zurück. Dann senkte er traurig den Kopf und flüsterte: »Spielt das jetzt irgendeine Rolle, wie ich euch sehe? Alak und

Ilke sind verschwunden, und wir werden von Kräften gejagt, die eine ganze Wüste in Unruhe versetzen. Ich möchte nach Hause, und du hältst mich gegen meinen Willen hier fest. Spielt es also irgendeine Rolle, wie ich euch sehe?«

Scha-Ra seufzte und lenkte ein. »Wenn wir nach Ras-Malam kommen, werde ich das Portal benutzen, um dich nach Hause zu bringen«, versprach der alte Zauberer.

»Du vertraust mir nicht, oder?«, sagte Julsah leise.

»Nein«, antwortete Scha-Ra kurz angebunden. »Aber ich mag dich. Ich lasse dich wegen Alak nach Hause.«

»Wegen Alak?«

Scha-Ra nickte. »Wegen Alak, wegen all der Male, die er für dich gebürgt hat.«

»Was machen wir jetzt?«, mischte Arul sich in das Gespräch.

Scha-Ra atmete schwer. »Ich kann Alak und Ilke hier drinnen spüren.« Er legte sich die Hand auf die Brust und schloss die Augen. »Und ich lasse sie nicht los. Wir suchen sie, bis wir sie finden!«

Allein

Alak und Ilke hingen wie nasse Säcke auf dem Rücken des Ahmels, als sie dicht über ihren Köpfen den gellenden Schrei eines Vogels hörten. Vorsichtig lugten sie unter ihrer Decke hervor und merkten erstaunt, dass der Sturm sich gelegt hatte und die Sonne am Horizont immer höher stieg. Sie mussten den ganzen Tag und die Nacht hindurch geritten sein. Alak zog die Decke beiseite und schüttelte den Sand aus. Sein ganzer Körper tat weh, und der Sand kratzte auf der Haut.

Misstrauisch sahen die Elfenkinder sich um. Die Luft brannte, und wohin man auch blickte, sah man nur Wüstensand. Was sie jedoch am meisten beunruhigte, war, dass sie ganz allein waren.

»Wo sind die anderen?«, flüsterte Ilke ängstlich.

Alak zuckte mit den Schultern. »Ich weiß nicht«, antwortete er leise.

Ilke sprang von dem Ahmel, ließ sich in den Sand sinken und begrub ihr Gesicht in den Händen. »Wir sind allein«, schluchzte sie verzweifelt.

Alak sah, wie sich ihr kleiner Körper vor Kummer schüttelte. Er ging zu ihr und legte beide Arme um sie.

»Wir sind nicht allein«, sagte er beruhigend. »Wir haben doch uns. Und solange wir beieinander sind, kann uns niemand etwas anhaben.«

Alak wusste genau, dass er log. Nur Scha-Ra könnte sie beschützen. Ohne ihn waren sie verloren. Der Elfenjunge fühlte sich schwach und unsicher. Vor allem aber hatte er Angst. Weil er sich das aber nicht anmerken lassen durfte, wurde er geschäftig. »Wir müssen abladen, was wir nicht brauchen«, sagte er und machte sich ans Werk.

Das Ahmel war so erschöpft, dass es sich kaum aufrecht halten konnte. Alak strich ihm über das Maul und raunte ihm etwas Freundliches zu. Daraufhin legte sich das Tier dankbar in den Sand.

Ilke wischte sich mit dem Jackenärmel die Tränen aus dem Gesicht und erhob sich, um Alak zu helfen.

Die Kinder leerten erst die Satteltaschen und packten dann das Gepäck, das das Ahmel auf dem Rücken getragen hatte, aus.

»Der Umhang, den wir von den Luftpropheten bekommen haben, war auf meinem

Ahmel«, flüsterte Ilke, und schon traten neue Tränen in ihre Augen.

»Lass uns hoffen, dass Scha-Ra und Arul uns finden, bevor wir den Umhang zum Unsichtbarwerden und die heilende Salbe brauchen«, sagte Alak mit belegter Stimme und streichelte das Ahmel. Es fühlte sich warm an, und er spürte, wie langsam das Blut durch die Halsschlagadern gepumpt wurde.

»Ilke, machst du Wasser, damit wir versuchen können, das Ahmel abzukühlen?«, bat er.

Das Elfenmädchen nickte, setzte sich in den Sand und konzentrierte sich. Langsam sammelten sich Eiskristalle in ihrer Hand, die in der Wärme sofort schmolzen.

Das Ahmel trank dankbar und gierig und ließ sich dabei weiter von Alak streicheln.

»Lass uns abwechselnd weiterreiten«, schlug der Elfenjunge vor. »Das Tier ist zu erschöpft. Es kann uns nicht mehr beide auf einmal tragen.«

Ilke war einverstanden. Um dem Ahmel weitere Kühlung zu verschaffen, schmolz sie noch mehr Eiskristalle zu Wasser und befeuchtete die Decke, unter der sie den Sturm überstanden hatten. Als sie sie über den Hals des Ahmels legte, begann das Gewebe zu dampfen.

»Wie gehen wir jetzt weiter?«, wandte sie sich an ihren Bruder.

Alak dachte kurz nach. »Scha-Ra und Arul suchen sicher nach uns«, sagte er dann. »Und wahrscheinlich rechnen sie damit, dass wir weiter in Richtung Ras-Malam reiten.«

Ilke nickte und sah sich um. »Aber hier sieht alles gleich aus«, stellte sie verzagt fest. »Woher wissen wir, in welche Richtung wir müssen?«

Alak lächelte und zwinkerte seiner Schwester zu. »Zum Glück habe ich in den Geografiestunden aufgepasst«, sagte er und deutete zum Himmel. »Außerdem kann man die Sonne als Kompass nutzen.«

Ilke zuckte mit den Schultern und tat so, als hätte sie den versteckten Vorwurf nicht gehört. »Ach so«, murmelte sie und ärgerte sich im Stillen, dass Alak mehr wusste als sie. Gleichzeitig war sie aber auch stolz auf ihren Bruder und voller Hoffnung, dass alles gut werden würde.

»Möchtest du zuerst reiten?«, fragte Alak.

Ilke schüttelte den Kopf. »Ich gehe gerne ein Stück«, sagte sie und schritt aus.

Die Sonne brannte, und die Luft flirrte in der Hitze, doch die Zwillinge und ihr Ahmel kamen gut voran. Immer wenn es Alak zu heiß wurde, umarmte er Ilke, die ihn kühlte und dafür sorgte, dass sie alle genug zu trinken hatten.

»Bist du auch wirklich sicher, dass wir in die richtige Richtung gehen?«, fragte sie immer wieder.

Alak nickte dann zuversichtlich. In Wahrheit war er sich jedoch keineswegs so sicher. Er erinnerte sich nur schwach an die Karte, die Scha-Ra ihnen gezeigt hatte, bevor sie aufgebrochen waren. Aber er hoffte inständig, dass wenigstens die grobe Richtung stimmte, in die sie sich bewegten. »Von der nächsten Sanddüne aus sehen wir bestimmt schon Ras-Malam«, sagte er und zwang sich zu lächeln.

Doch als der Moment gekommen war und sie über die Ebene schauen konnten, war da nur noch mehr Sand.

Verzweifelt ließ Alak die Zügel fallen und sank auf die Knie. Das Ahmel stupste ihn mit seinem weichen Maul vorsichtig im Gesicht, doch Alak beachtete es in seiner Verzweiflung nicht. Die Wüste schien ihm in alle Richtungen unendlich zu sein.

»Komm«, sagte Ilke leise und zog ihn am Arm.

Er nickte. Vorsichtig versuchte der Elfenzwilling aufzustehen, doch unvermittelt gaben seine Beine nach, und er rollte hilflos den Abhang hinunter. Er rollte immer schneller, war aber zu schwach und erschöpft, um abzubremsen. Am Fuß der Sanddüne blieb er einfach liegen. Wie durch einen Nebel sah er Ilke, die auf ihn zugelaufen kam. Als sie ihn fast erreicht hatte, spürte Alak, wie sich der Sand unter ihm bewegte.

»Steh auf!«, rief die Stimme in seinem Kopf. »Steh auf!«

Alak versuchte gehorsam, sich zu erheben, aber es ging einfach nicht.

Die Stimme wurde drängender und bereitete ihm Kopfschmerzen. »Du musst weg hier! Jetzt!«

Schon begann der Sand unter Alak zu zittern. Es fühlte sich an, als ob sich jemand aus dem Untergrund zu Alak hindurchdrücken wollte.

»Was ist das?«, flüsterte der Elfenjunge müde.

»Terraqus«, flüsterte die Stimme zurück. »Sie werden dich unter den Sand ziehen, wenn du es nicht schaffst aufzustehen. Sie haben Hunger, und sie haben deinen Geruch aufgenommen!«

Alak erschrak. Terraqus! Das verstoßene Meeresvolk, von dem Emantucel erzählt hatte! Er mobilisierte seine letzten Kräfte und rappelte sich auf. Er schaffte es beinahe, sich aufzurichten, fiel aber sofort wieder zu Boden.

Das Ahmel hatte die Gefahr gewittert, in der Alak schwebte, und trabte heran. Es schnappte mit dem Maul nach seiner Jacke und versuchte, ihn wegzuziehen. Doch es war bereits zu spät: Der Boden unter dem Elfenjungen gab nach, und Alak versank im Sand wie in einem Sumpf. Das Tier schrie verzweifelt und rückte nach hinten weg.

Auch Ilke sank in dem weichen Sand ein. »Alak!«, rief sie und sah, wie er die Hand nach ihr ausstreckte.

Sie ließ sich fallen und rollte das letzte Stück bis zu ihm.

»Nein!«, schrie Alak. »Das ist gefährlich!« Er versuchte sich nach vorn, zu Ilke, zu ziehen, doch der Sand hielt ihn unerbittlich fest. Er war bis zum Oberkörper eingesunken, als Ilke mit vollem Schwung in ihn hineinrollte.

»Ich helfe dir!«, rief sie, erhob sich auf die Knie und griff ihm unter die Arme. Ächzend zog sie an ihrem Bruder und merkte erst, als es bereits zu spät war, dass sie nun auch feststeckte.

Alak hob in einem letzten verzweifelten Versuch, nicht unterzugehen, den Kopf.

Ilke schluchzte und klammerte sich an ihn.

»Du musst loslassen, sonst ziehen dich die Terraqus auch hinunter!«, sagte Alak und begann zu husten, weil er Sand geschluckt hatte.

Seine Schwester sah ihn mit großen Augen an. Sie erinnerte sich sofort an die blutdürstigen Geschöpfe, von denen Häuptling Emantucel ihnen erzählt hatte. »Nein!«, rief sie und zog weiter an Alak. »Ich gehe nirgendwohin ohne dich! Wer soll denn dann die Prophezeiung erfüllen, wenn du verschwindest?«

Alak schnappte nach Luft und spürte, wie der Sand an seinem Hals festklebte.

»Die Prophezeiung handelt nicht von mir«, stöhnte er. »Du hast es gesehen … an der Efraïber-Quelle. *Du* bist die Auserwählte!«

»Ohne dich will ich aber nicht die Auserwählte sein«, schluchzte Ilke auf und sah Alaks angsterfülltes Gesicht unter dem Sand verschwinden.

Sie rüttelte an seiner Hand, die als einziges Körperteil noch aus dem Sand ragte, doch Alak bewegte sich nicht mehr. Verzweifelt und halb wahnsinnig vor Angst und Schrecken schrie Ilke aus voller Brust gen Himmel. Und je lauter sie schrie, desto wütender wurde sie. Weil sie den, den sie am meisten liebte, nicht mehr sehen, nur noch seinen leblosen Körper spüren konnte.

Ihre Schreie gellten durch die Luft und erstickten schließlich, als auch sie im Sand verschwand.

Die Stille lastete schwer auf der Wüste. Das Ahmel senkte den Kopf und trauerte. Nur der Wind, der mit den Sandkörnern spielte, war noch zu hören.

Ein stechender Schmerz fuhr Scha-Ra durch die Brust, und der alte Zauberer kippte fast aus dem Sattel.

»Was ist?«, fragte Arul besorgt und stützte Scha-Ra.

Dieser richtete sich mit der einen Hand auf, während er die andere auf seine Brust presste.

»Du bist bleich«, sagte Julsah und sah den Zauberer erschrocken an.

»Ich glaube, Alak und Ilke ist etwas zugestoßen«, flüsterte Scha-Ra. »Ich habe den Kontakt zu ihnen verloren. Es ist, als ob ... sie gestorben sind.«

Julsah entfuhr ein Schrei, und Arul zuckte unwillkürlich zusammen.

»Kann es sein, dass dich dein Gefühl trügt?«,

fragte der Winterbär verunsichert. »Vielleicht sind sie ja ... woandershin gegangen?«

Scha-Ra schüttelte den Kopf. »Ich habe gespürt, wie sie aufhörten zu atmen. Dann verschwanden sie plötzlich. Ich verstehe nicht ...« Der Zauberer bekam einen gläsernen Blick. »Sie dürfen doch nicht sterben ...«

Julsah und Arul starrten ihn sprachlos an.

Hektisch fuhr Scha-Ra mit der Hand in seine Tasche und suchte verzweifelt nach etwas. »Es ist nicht mehr da«, sagte er schließlich matt.

»Was ist nicht mehr da?«, fragte Arul.

Scha-Ra hielt seine Tasche auf: Das Buch *Phenomena* war weg.

»Meinst du, dass ...« Arul schüttelte den Kopf. »... Nein, ich verstehe nicht, was du meinst! Sind Alak und Ilke tot? Meinst du das?«

Julsah sah den Winterbären erschrocken an.

Arul kämpfte gleichzeitig damit, seine Tränen zurückzuhalten und seine unendliche Wut auf das Schicksal zu beherrschen.

»›Wenn die Auserwählten scheitern oder ... sterben ... verschwindet das Buch ... für tausend Jahre ...«, zitierte Scha-Ra das Buch *Phenomena* aus dem Gedächtnis.

»Wie kannst du das wissen?«, brüllte der Winterbär verzweifelt. »Du musst dich irren! Du kannst das Buch doch einfach verloren haben!«

Scha-Ra schüttelte den Kopf und starrte zu Boden.

Hektisch begann Arul, nach dem Buch zu suchen. Er schnüffelte, witterte, grub mit den Tatzen im Sand und knurrte leise.

»Das Buch hat mich nicht für würdig befunden, es zu tragen«, sagte der Zauberer traurig und beugte sich mit gekrümmtem Rücken über das Ahmel. »Du wirst es nicht finden.«

Arul blieb wie betäubt stehen und starrte ihn an. Er konnte das Gesicht des Zauberers zwar nicht sehen, doch Arul wusste, dass Scha-Ra weinte.

Der schwarze Ritter

Eine kalte Windböe strich über die von der Sonne aufgeheizten Dünen und verwischte die Spuren des schwarzen Pferdes, das durch den Wüstensand trabte.

Plötzlich zwang sein Reiter das Tier anzuhalten. Wiehernd blieb der Rappe stehen. Seine Flanken zitterten, als der Ritter abstieg und im Sand zu wühlen begann. Es dauerte nicht lange, dann hielt er das Buch *Phenomena* in den Händen.

»Hat er gut auf dich achtgegeben?«, fragte der Ritter und legte es zärtlich in die Satteltasche. Es hatte ihm zugeflüstert, dass Scha-Ra es wie einen guten Freund behandelt hatte.

»Zum Glück«, murmelte er, stieg wieder auf das Pferd und ritt in die Richtung, aus der er gekommen war.

Die Ebene von Parsin

Scha-Ra, Arul, Julsah und die beiden Mekk-Soldaten ritten eilig den Höhenzug hinunter, von dem aus sie auf die Ebene von Parsin geblickt hatten.

Saftiges grünes Wüstengras bedeckte die Ebene. Der Morgentau hatte den Sand dunkel gefärbt, und die Schafe grasten vor sich hin. Von Weitem und vor dem blauen Horizont sahen sie wie weiße Wolken aus. Häuptling Emantucel und seine Leute hatten bereits das Lager aufgeschlagen und erwarteten sie ungeduldig.

Die Soldaten nickten sich erleichtert zu, gaben ihren Ahmelen die Sporen und galoppierten zum Lager der Mekks voraus.

Als Scha-Ra, Arul und Julsah ins Lager einritten, kam Emantucel ihnen entgegengeeilt und half Scha-Ra aus dem Sattel.

»Fürst Alhala ist damit einverstanden, uns zu treffen«, sagte der Häuptling freudig.

Scha-Ra lächelte angestrengt und umarmte ihn kurz. »Das ist großartig«, sagte er matt. »Aber ich weiß nicht, ob ich der Richtige bin, dich zu Fürst Alhala zu begleiten.«

Verwirrt versuchte Emantucel Scha-Ra in die Augen zu schauen, doch der Zauberer starrte zu Boden. Der Häuptling sah Julsah und Arul fragend an, doch auch diese beiden blickten stur nach unten und wollten nichts sagen.

»Ist es, weil ich keine Audienz bei Ighada bekommen habe?«, fragte der Häuptling unsicher und ein wenig enttäuscht.

Scha-Ra schüttelte den Kopf.

Emantucel war verwirrt. »Wo sind Alak und Ilke?«, fragte er dann unvermittelt und sah sich um.

In diesem Moment brach Scha-Ra zusammen. Seine Beine gaben einfach nach, und er sackte stöhnend auf die Knie.

Emantucel stürzte nach vorn, um den Zauberer zu stützen. »Sind sie … verschwunden?«, flüsterte er erschrocken.

Scha-Ras Schweigen sprach Bände.

Da legte Emantucel seinen Kopf auf die Schulter des alten Zauberers und begann zu weinen.

Schwankend gingen sie ins Lager. Die Späher hatten Lequ und Elhele bereits berichtet, was geschehen war. Die beiden kamen ihnen entgegen und umarmten sie schweigend. Auch ihnen standen Tränen in den Augen.

Mit letzter Kraft wankten die Neuankömmlinge in Häuptling Emantucels Zelt, wo sie sich auf Kissen fallen ließen und warmen Honigwein gereicht bekamen.

Als es Abend wurde, zeigte Elhele ihnen ein Zelt, das extra für sie errichtet worden war. Weder Scha-Ra noch Arul oder Julsah waren müde, doch sobald sie die kühlen Seidenlaken und die großen weichen Kissen spürten, fielen sie in tiefen Schlaf.

Früh am nächsten Morgen erwachten sie von Pferdewiehern und Hufen, die ungeduldig auf den Boden stampften.

Scha-Ra warf sich seinen Umhang über und trat eilig aus dem Zelt. Julsah und Arul folgten ihm neugierig.

Draußen stand Häuptling Emantucel und sprach mit vier in lange blutrote Umhänge gekleideten Rittern. Sie trugen Lederhelme mit farbenprächtigen Federn und Krummschwerter.

»Bist du Scha-Ra?«, fragte einer von ihnen und deutete mit dem Kopf auf den alten Zauberer.

Scha-Ra nickte kurz.

Der Ritter verbeugte sich. »Ich bin Hauptmann Rathü«, stellte er sich vor. »Ich habe den Befehl, dich und dein Gefolge zum Schloss in Ras-Malam zu eskortieren.«

Scha-Ra sah den Winterbären fragend an.

»Wir sind hier, um Häuptling Emantucel und seinem Volk zu helfen«, flüsterte Arul eindringlich. »Wir müssen gehen. Wir haben es versprochen.«

Scha-Ra richtete den Blick auf Emantucel. Er wusste, dass das Treffen mit dem Fürsten für das Volk der Mekks schicksalhaft war. Es würde keine zweite Chance für eine Versöhnung zwischen den Völkern geben. Der alte Zauberer atmete schwer. Er fühlte sich unwohl und hatte das ungute Gefühl, dass das Treffen mit dem Fürsten der Drughs für niemanden gut ausgehen würde. Doch was half das? Jetzt gab es kein Zurück mehr. Falls die Ritter ehrliche Absichten hatten, würde es dem Herrscher der Drughs und seinem ganzen Volk wie eine Provokation erscheinen, wenn sie sich weigerten, mitzukommen. Und falls die fremden Ritter böse Absichten hatten, würden sie gleich eine Armee Soldaten heranwinken, die nur darauf wartete, sie mit Waffengewalt zum Schloss von Ras-Malam zu treiben.

»Wir gehen mit«, sagte Scha-Ra zu Emantucel und nickte entschlossen.

Der Häuptling lächelte und gab einem seiner Soldaten das verabredete Zeichen, damit er die gesattelten Ahmele für sie brachte.

»Ich hatte gehofft, dass du doch mitkommen würdest. Deshalb habe ich mir erlaubt, eure Reittiere schon vorher zu satteln«, sagte Emantucel.

Scha-Ra lächelte.

»Ich laufe aber lieber neben euch her«, sagte Arul. »Die Tiere können mich unmöglich tragen.«

»Das weiß ich«, sagte Emantucel. »Das eine Ahmel ist ja auch für Julsah gedacht.«

»Er bleibt hier«, fuhr Scha-Ra den Häuptling an.

»Bitte!«, bat Julsah und sah den Zauberer flehend an.

»Auf gar keinen Fall!«, bestimmte Scha-Ra.

»Uns wurde aufgetragen, dich und alle in deinem Gefolge zu eskortieren«, wandte Hauptmann Rathü ein.

»Auch die Kinder?«, fragte Scha-Ra erstaunt.

»Alle drei«, antwortete der Hauptmann und zuckte die Schultern. »Aber frag mich nicht, warum. Ich bin nur ein einfacher Soldat. Also, wo sind die beiden anderen Kinder?«

»Sie sind in der Wüste verschwunden«, entgegnete Scha-Ra kurz angebunden.

Der Hauptmann sah verwirrt aus, entschied sich jedoch, nicht weiter nachzufragen. »Das tut mir leid«, sagte er leise.

Scha-Ra wandte sich an Häuptling Emantucel.

»Mir gefällt das nicht«, sagte er und runzelte die Stirn.

»Haben wir eine andere Wahl?«, fragte Emantucel mit schwacher Stimme.

»Offenbar nicht«, entgegnete der Zauberer resigniert und schwang sich auf sein Ahmel. Dann gab er Arul ein Zeichen, damit dieser seinen Stab aus dem Zelt holte.

»Brauchst du auch die Rüstung Schihryan?«, fragte Arul leise.

Scha-Ra schüttelte den Kopf. »Als ich die Rüstung an der Efraïber-Quelle trug, hatte ich sie einen ganzen Tag lang an, bevor ich sie benutzen konnte. Dafür habe ich jetzt keine Zeit«, erklärte er.

»Dann lass uns hoffen, dass wir nicht auf Tarkan treffen«, sagte Arul.

»Für mich spielt das ohnehin keine Rolle mehr«, knurrte Scha-Ra mürrisch.

Arul blickte den Zauberer verwundert an. Eigentlich war es gar nicht Scha-Ras Art, so schnell aufzugeben. Aber so bedrückt hatte der Winterbär ihn auch noch nie gesehen. Andererseits wusste auch er nicht, was er glauben oder worauf genau er hoffen sollte. Er rannte schnell zum Zelt, um Scha-Ras Stab zu holen.

Hauptmann Rathü gab dem Pferd dic Sporen und bedeutete den andren, ihm zu folgen. Die Drugh-Soldaten ritten voran und wiesen dem Tross den Weg.

Scha-Ra, Emantucel und Julsah folgten dicht dahinter.

Arul kam an Scha-Ras Seite gelaufen und übergab ihm den Stab. »Wir sind nicht allein«, flüsterte er. »Rechts von uns reitet eine Gruppe Soldaten und links von uns auch.«

»Das habe ich mir gedacht«, seufzte der Zauberer. »Sie sollen sicherstellen, dass wir Rathü auch wirklich folgen.«

»Was bedeutet das genau?«, fragte Arul. In seiner Stimme schwang Unbehagen mit.

Scha-Ra sah den Winterbären ernst an. »Wir reiten direkt in eine Falle«, sagte er.

Ras-Malam

Die Stadt erhob sich wie ein gigantisches Sandschloss aus der Wüste. Die ockerfarbenen, undurchdringlichen Mauern von Ras-Malam machten die Stadt zwischen all dem Sand beinahe unsichtbar. Einzig das riesige Holztor hob sich von der Umgebung ab, und die Ankömmlinge sahen fasziniert zu, wie es langsam über den Schlossgraben herabgesenkt wurde, damit sie in die Stadt einreiten konnten.

Das Tor dröhnte, als sie mit klappernden Hufen darüberritten, und die Ketten, die es hielten, knarrten und vibrierten bedrohlich, als würden sie gleich nachgeben.

Drinnen trafen sie auf noch mehr Soldaten, die sich rechts und links der Hauptstraße postiert hatten und sie zum Schloss eskortierten.

»Danke für die Begleitung, Hauptmann Rathü«, sagte Scha-Ra und nickt ihm höflich zu.

Der Hauptmann stieg vom Pferd und ging auf den Zauberer zu.

»Ich weiß, wer du bist«, sagte er leise. »Ich habe alle Geschichten über dich gehört. Alle, angefangen von derjenigen, wie du den Drachenorden gegründet hast, bis zu der von der Efraïber-Quelle. Mein Bruder war Drachenritter … bevor er starb.«

Einen Augenblick sah er traurig hoch zu Scha-Ra. »Ich bin nur ein gewöhnlicher Soldat im Rang eines Hauptmanns«, fuhr er dann fort. »Was ich denke und glaube, bedeutet hier nichts. Aber du sollst wissen, dass es auch Drughs gibt, die anders denken als der Fürst und die Adelsleute.«

Scha-Ra lächelte. »Ich wusste gleich, dass wir geradewegs in eine Falle reiten«, sagte er gleichmütig.

Hauptmann Rathü schaute ihn überrascht an.

»Ich weiß auch, dass der Fürst draußen in der Wüste Soldaten aufgestellt hatte für den Fall, dass wir nicht freiwillig mitkommen würden«, fuhr Scha-Ra fort.

»Verzeih mir!«, sagte der Hauptmann und senkte den Kopf.

»Ich kann dir gar nichts verzeihen. Das kannst nur du selbst«, antwortete Scha-Ra und lächelte. »Ich hoffe, dass du Vergebung in deinem Herzen findest, denn ich kann sehen, dass du ein guter Mann bist.«

Der Hauptmann senkte den Kopf, als sie weiterritten und in den Straßen verschwanden.

Das Schloss aus poliertem Sandstein glänzte im Sonnenlicht und blendete die Ankömmlinge. Als sie schützend die Hand vor die Augen hielten, erkannten Scha-Ra, Julsah und Arul, dass zu beiden Seiten des Eingangstores jeweils vier bis zu den Zähnen bewaffnete Soldaten standen. Und entlang dem Weg, der in den Schlosshof führte, konnten sie noch mehr Wachen ausmachen. Fürst Alhala gehörte offenbar zu den vorsichtigen Typen, die sich ohne ihre Armee nicht sicher fühlen.

Schweigend folgten Scha-Ra, Arul, Julsah und Emantucel den Soldaten in einen riesigen Thronsaal. Ein farbenprächtiger Teppich erstreckte sich durch den gesamten Saal bis hin zum Thronsessel, auf dem Fürst Alhala bequem zurückgelehnt saß und sie bereits erwartete.

»Fürst Alhala, ich bringe Euch hier Emantucel, den Häuptling des Volkes der Mekks«, sagte einer der Soldaten ehrerbietig und gab dem Häuptling ein Zeichen.

Emantucel trat einen Schritt vor und verbeugte sich tief.

Fürst Alhala hob knapp seinen Blick.

»Und dies ist der Zauberer Scha-Ra«, fuhr der Soldat fort.

Nun trat auch Scha-Ra vor und verbeugte sich.

Alhala sah ihn prüfend und gleichzeitig neugierig an. Als der Zauberer seinem Blick jedoch standhielt, schien ihm unbehaglich zu werden.

»Vor Euch steht auch der Winterprinz Arul von Altfjerd.« Der Soldat wies auf den Winterbären, der Alhala höflich seine Aufwartung machte.

Dann war die Reihe an Julsah. Der Junge hatte die anderen aufmerksam beobachtet und wusste jetzt, wie eine ehrerbietige Verbeugung aussah, die er vor Alhala machen müsste. Umso enttäuschter war er, als der Soldat keine Anstalten machte, ihn vorzustellen.

»Du hast unsere wichtigsten Gäste vergessen«, ließ sich nun der Drugh-Fürst vernehmen.

Der Soldat sah ihn erstaunt an und suchte dann fieberhaft mit den Augen unter den Gästen. Endlich fiel sein Blick auf Julsah.

»Meint Ihr den Jungen, Majestät?«, fragte er nervös.

Fürst Alhala nickte.

Dem Soldat brach der Schweiß aus. Hilfesuchend sah er Scha-Ra an. Seine Lippen formten eine stumme Frage: »Wie heißt er?«

»Julsah«, flüsterte der Zauberer ihm schnell zu.

»Julsah, Eure Majestät«, rief der Soldat und schob den Jungen nach vorn.

Ehrerbietig und ein klein wenig stolz auf sich verbeugte Julsah sich formvollendet vor dem Fürsten.

Alhala nickte lächelnd und gab dem Soldaten ein Zeichen.

Während die anderen Drugh-Wächter sich um seinen Thron postierten, eilte dieser zu einer Tür, die hinter dem hohen Thron verborgen war, und öffnete sie.

Ein großer, kräftiger Murtokk mitsamt seinem Gefolge betrat den Raum.

»Vater!«, rief Julsah aus.

Der Häuptling der Murtokks lächelte und breitete die Arme aus. Julsah rannte auf ihn zu und warf sich an seine Brust. Der Häuptling hob seinen Sohn hoch und drückte ihn an sich.

»Ich habe dich so furchtbar vermisst«, schluchzte Julsah und vergrub sein Gesicht tief in dem Umhang seines Vaters. »Und dass ich dich hier sehe … das hätte ich mir nie träumen lassen!«

Der Häuptling lächelte. Dann schob er Julsah von sich, um ihn näher zu betrachten und sich zu vergewissern, dass dieser gesund und munter war.

»Ich habe dich gesucht seit dem Tag, an dem du verschwunden bist«, sagte er und schluckte vor Rührung. »Dein Onkel, der Häuptling der Schurtokks, glaubte schließlich zu wissen, dass du zusammen mit dem Zauberer auf dem Weg nach Ras-Malam seist. Da bin ich sofort aufgebrochen«, sagte er mit kräftiger Stimme, damit alle Anwesenden ihn gut hören konnten. »Endlich, endlich bist du nun wieder bei mir, mein Sohn.« Mit einem bösen Blick auf Scha-Ra fragte der Murtokk-Häuptling: »Und nun sag: Hat der Zauberer dir Böses getan oder dich verletzt?«

Julsah schüttelte heftig den Kopf. »Nein«, sagte er ebenso klar und deutlich. »Sie haben mich gut behandelt.«

Der Häuptling betrachtete seinen Sohn prüfend.

»Wirklich!«, versicherte Julsah.

Scha-Ra suchte Aruls Blick, doch der Winterbär hatte nur Augen für den Umhang des Häuptlings: Er war aus Eisbärenfell genäht.

»Bleib jetzt ganz ruhig!«, flüsterte Scha-Ra beschwörend.

Doch Arul hörte ihn nicht. Er dachte an jene Zeit, als er Altfjerd verlassen hatte, um mit den Murtokks ein Friedensabkommen zu schließen. Sein Vater hatte ihn und zwei seiner Freunde nach Aldra und ins Santor-Gebirge geschickt. Am Fuße des Gebirges trafen sie auf eine Abordnung von Murtokks, die sie über das Gebirge führen sollte, um den Häuptling der Murtokks, Mehema, zu treffen. Alles schien gut zu gehen. Aber als sie an der Wolken-Quelle rasten wollten, wurden sie hinterrücks von zahllosen Murtokk-Kriegern überfallen. Arul war der einzige Überlebende. Der Winterbär schluckte und versuchte die Tränen zurückzuhalten. Hier stand er nun, direkt vor ihm, der Häuptling Mehema. Arul stieß ein tiefes Knurren aus.

Der Murtokk-Häuptling sah ihn erstaunt an. »Habe ich die Ehre, den Winterbären Arul zu begrüßen?«, lächelte er, stellte Julsah auf den Boden und ging einen Schritt auf Arul zu. »Wie ich sehe, bewunderst du meinen Umhang.«

Aruls Augen verengten sich, und er schüttelte Scha-Ras beruhigende Hand auf seiner Schulter schnaubend ab. »Halt dich zurück, Scha-Ra! Das ist meine Sache!«, knurrte er leise und fletschte die Zähne.

»Sie werden dich töten!«, flüsterte Scha-Ra beschwörend.

Doch Arul hörte den Zauberer nicht. Das Blut brauste in seinen Adern und trommelte gegen seine Schläfen. Er senkte den Kopf und ging mit festem Schritt auf den Murtokk-Häuptling zu.

Fürst Alhala hielt sich die Hand vor den Mund, um sein Lächeln zu verbergen, und gab seinen Soldaten ein Zeichen, dass sie den Winterbären durchlassen sollten.

Gehorsam traten die Wachen beiseite und gaben Arul den Weg frei.

Mit einem Brüllen warf sich der Bär dem Häuptling entgegen.

Die Murtokk-Krieger, die hinter ihm standen, sprangen mit erhobenen Schwertern vor.

Mühelos fegte Arul zwei von ihnen weg. Einem dritten Soldaten gelang es jedoch, ihm einen tiefen Stich in die Seite beizubringen.

Scha-Ra machte Anstalten, dem Winterbären zu Hilfe zu eilen, doch die Drugh-Krieger, die vor dem Thron Aufstellung genommen hatten, hielten ihn auf. Hilflos blickte der Zauberer zu Arul, der wild um sich schlug, während ständig neue Murtokk-Soldaten hinzusprangen. Scha-Ra schloss die Augen, und sofort begann sein Stab zu leuchten.

»Nun wird es wirklich amüsant.« Fürst Alhala lächelte schief und lehnte sich auf seinem Thron zurück. Er genoss das Schauspiel sichtlich.

Nun hob Scha-Ra den Stab und konzentrierte seinen Blick auf die Murtokk-Soldaten, die auf Arul einschlugen. Ein blaues Licht schoss aus dem Stab hervor und traf die Murtokk-Krieger empfindlich. Sie wurden nach hinten geschleudert.

Kaum hatten sie von ihm abgelassen, da fiel Arul in sich zusammen und sank auf die Knie. Sein weißer Pelz war blutrot gefärbt.

Scha-Ra drehte sich zu den Drugh-Soldaten um. Diese wichen erschrocken zurück.

»Untersteht euch!«, rief Fürst Alhala seinen Männern zu und erhob sich drohend. Dann lächelte er Scha-Ra zu. »Ich habe gehört, dass du ein mächtiger Zauberer bist«, sagte er ruhig.

»Wenn du nicht augenblicklich deine Soldaten abziehst und uns in Frieden die Stadt verlassen lässt, dann werde ich dir zeigen, wie mächtig ich bin«, antwortete Scha-Ra scharf.

Fürst Alhala strich sich übers Kinn, während er den Zauberer nachdenklich betrachtete. »Ich fürchte, das ist nicht so einfach«, sagte er dann. »Ich möchte, dass ihr hierbleibt. Und zwar lange!«

Scha-Ra richtete seinen Stab auf den Fürsten und schleuderte ihm das blaue Licht entgegen. Im gleichen Augenblick ertönte ein schrilles Sirren, das zu einem Dröhnen wurde. Die Wände bebten, und ein Etwas fuhr durch den Raum. Direkt vor Scha-Ra explodierte es. Der Zauberer wurde von einer gewaltigen Kraft nach hinten geschleudert und blieb benommen auf dem Boden liegen.

Als Scha-Ra wieder die Augen öffnete, sah er eine schwarze Gestalt neben Fürst Alhalas Thron stehen.

»Ist lange her«, sagte die Gestalt.

Scha-Ra war so benommen, dass er die Stimme zuerst nicht erkannte, doch langsam begriff er, wer da zu ihm sprach. Er erhob sich schwankend und stützte sich auf seinen Stab. »Mentor«, sagte er leise.

Die schwarze Gestalt streifte die Kapuze zurück und lächelte. »Ich habe einen neuen Namen, Scha-Ra! Mentor ist tot.«

»Tarkan ist keine Person«, entgegnete Scha-Ra leise. »Er ist nur ein Gedanke. Auch wenn du lieber das bist, was du denkst – für mich wirst du immer Mentor bleiben.«

Tarkan lachte heiser auf. »Es fällt dir offensichtlich schwer zu lernen«, sagte er höhnisch.

»Mir fällt es schwer zu vergessen«, korrigierte ihn Scha-Ra.

»Bist du dir da sicher?«, fragte Tarkan. »Erinnere dich lieber, was der Zauberer Arkin dazu sagte, wann du Wächter werden würdest. Na, dämmert dir etwas?«

Scha-Ra erinnerte sich natürlich daran, wie Arkin sie damals in seinem Schloss zu Zauberern ausgebildet hatte. Eines Tages hatte er Scha-Ra beiseitegenommen und ihm erzählt, dass er der Wächter des Buches *Phenomena* werden sollte – allerdings erst, nachdem er genug Erfahrungen und Wissen in der Welt gesammelt hätte.

»Ich erinnere mich, als wäre es gestern gewesen, wie du mir stolz erzähltest, dass Arkin dich auf eine Reise durch Aldra schicken würde und dass du nach vierhundert Jahren auf der Wehmlada-Ebene beim Nem-fih-Wald auf die Auserwählten warten würdest«, sagte Tarkan leise und trat näher an Scha-Ra heran. »Oder stimmt das etwa nicht?«

Scha-Ra nickte. »Doch«, sagte er tonlos.

»Und wo sind sie jetzt?«, höhnte Tarkan.

Scha-Ra spürte, wie Mutlosigkeit ihn übermannte. Er versuchte, sich zu konzentrieren, doch ohne die Rüstung, die ihn bei seiner letzten Begegnung mit Tarkan geschützt hatte, fiel es ihm schwer, Tarkan nicht in seinen Kopf zu lassen. Je intensiver Tarkan versuchte, Verzweiflung und Ohnmacht in ihm zu säen, desto weniger gelang es Scha-Ra, dem zu widerstehen.

»Stimmt es, dass sie in der Wüste verschwunden sind?«, fuhr Tarkan fort und grinste hämisch. »Sind sie dir etwa abhandengekommen? *Dir,* dem Wächter?«

Die Kräfte Tarkans drückten Scha-Ra zu Boden. Der Zauberer versuchte, sich zu konzentrieren, um den Gedanken zu brechen, der ihn niederhielt, doch Tarkan war stark. Und er lachte höhnisch über Scha-Ras Anstrengung.

Dann drehte Tarkan sich zu Arul um. »Der Winterbär gehört dir«, sagte er großzügig zu Häuptling Mehema. »Lass dir einen Wintermantel aus seinem Fell machen oder häng ihn dir im Schloss über den Kamin.«

Sein Zeigefinger fuhr herum und bohrte sich in Scha-Ras Brust. »Du aber, mein lieber Bruder, du gehörst mir!«

Häuptling Mehema gab einem der Soldaten ein Zeichen, dass er Arul den Todesstoß versetzen sollte.

Scha-Ra schloss zitternd die Augen, und Arul sammelte seine letzten Kräfte, um dem Blick des Murtokk, der ihn töten würde, standzuhalten. Der Blutverlust schwächte den Bären, und sein Blick flackerte unstet. Doch er war fest entschlossen, als Winterprinz zu sterben, wahrhaft königlich, in Würde und als letzter seiner Familie.

Als der Soldat jedoch sein Schwert erhob, ertönte ein gellender Schrei im Saal.

»Nein!«, brüllte Julsah verzweifelt und warf sich zwischen Arul und den Soldaten. »Vater, nein! Ihm verdanke ich doch, dass ich noch lebe! Arul hat mich vor dem Tod in der Wüste bewahrt.« Mit beiden Händen griff der Junge nach dem Schwert und hielt es vor seine Brust.

Der Soldat schaute Mehema fragend an.

Der Murtokk schüttelte den Kopf. Dann wandte er sich an Tarkan. »Vielen Dank für dein großzügiges Angebot«, sagte er höflich. »Aber zum einen ist kein Platz über meinem Kamin frei, und zum anderen habe ich bereits einen Wintermantel.«

Julsah lächelte seinem Vater dankbar zu, und das ernste Gesicht des Häuptlings wurde weicher.

Tarkan drehte sich zu Fürst Alhala um.

»Ich will, dass sie im Kerker im unteren Teil des Schlosses gefangen gehalten werden«, verlangte er.

»Herr, die Wärme dort unten wird sie umbringen«, gab der Fürst zu bedenken.

»Ach, Scha-Ra wird das schon noch überleben«, erwiderte Tarkan und winkte gleichgültig ab. »Dass der Winterbär die Hitze dort unten nicht verträgt, ist weniger wichtig. Mir geht es allein um Scha-Ra. Ihn will ich am Leben halten, das ist alles.«

»Und Häuptling Emantucel?«, fragte Fürst Alhala.

»Er gehört dir«, sagte Tarkan großzügig. »Mach mit ihm, was du willst. Er ist unwichtig für meine Pläne.«

Alhala setzte ein breites Grinsen auf. »Gut«, sagte er genüsslich. »Dann schicke ich meine Soldaten zum Lager der Mekks, um meine Schwester holen zu lassen. Diese Familienzusammenführung wird bestimmt ganz besonders nett.«

»Wirst du deinen Schwager auch einladen?«, grinste der Murtokk-Häuptling.

»Selbstverständlich«, erwiderte der Fürst. »Die Soldaten sollen mir seinen Kopf in einem Sack mitbringen.«

Während des Wortgeplänkels zwischen den Bösewichtern, dem alle Anwesenden aufmerksam folgten, hatte Scha-Ra den blauen Stein aus seinem Stab herausgedreht und zerbrach ihn nun auf dem Boden.

»Ich erinnere mich auch noch daran, wie

du dich um andere gesorgt hast«, sagte Scha-Ra zu Tarkan und erhob sich abrupt und mit ausgestreckten Armen. In seinen Händen hielt er die blauen Steinsplitter verborgen.

Als Tarkan sich ihm zuwandte, warf Scha-Ra die Splitter hoch in die Luft. Die Glasstücke funkelten im Sonnenlicht, das durch die Fenster in den Thronsaal fiel, und sie verwandelten sich in Tausende von Vögeln, die flügelschlagend durch den Raum flatterten und ein solches Rauschen erzeugten, dass man seine eigenen Worte nicht mehr verstand.

Tarkan kniff die Augen zusammen und starrte Scha-Ra hasserfüllt an. Dann wandte er sich an Alhala. »Das ist eine Botschaft an deinen Schwager«, zischte er. »Scha-Ra will ihnen mitteilen, dass sie flüchten sollen!«

Aufgeregt erhob sich Fürst Alhala und fuchtelte wild mit den Armen. »Haltet die Vögel auf! Lasst sie nicht entkommen!«, schrie er seinen Soldaten zu. »Schließt sofort die Fenster!«

Doch es war bereits zu spät: Die Vögel folgten dem Licht und verschwanden in Scharen im blauen Himmel.

Die Bogenschützen legten ihre Pfeile an und schossen, doch sie hatten keine Chance: Es waren einfach zu viele Vögel. Diejenigen, die getroffen wurden, lösten sich zwar in Luft auf und verschwanden, doch die restlichen schwärmten ungehindert weiter.

Fürst Alhala stürzte auf Scha-Ra zu und schlug ihm mit der flachen Hand ins Gesicht.

Scha-Ra tat so, als ob er den Schlag nicht gespürt hätte.

Als der Fürst jedoch erneut ausholen wollte, warf sich Tarkan dazwischen.

»Er gehört mir«, sagte Tarkan und starrte Alhala drohend in die Augen.

Der Drugh-Fürst ging rasch zu seinem Thron zurück und setzte sich. »Organisiert einen Angriff auf das Lager der Mekks«, sagte er leise zu seinen Soldaten. »Falls dort noch jemand ist.«

»Du hast immer noch einen starken Willen«, sagte Tarkan zu Scha-Ra. Bewunderung schwang in seiner Stimme mit.

»Jedenfalls genug, um dir Widerstand zu leisten«, antwortete der Zauberer.

»Das ist gut«, grinste Tarkan. »Dann bist du vielleicht noch am Leben, wenn ich dich später besuchen komme. Jetzt habe ich allerdings zu tun. Ich werde nämlich gleich deine Kinder treffen.«

»Alak und Ilke?«, entfuhr es Scha-Ra.

»Soll ich sie von dir grüßen?«, spottete Tarkan und ging zur Tür.

Scha-Ra rang verzweifelt die Hände.

»Oh, das hätte ich fast vergessen«, sagte Tarkan und wandte sich noch einmal um. Wortlos hielt er Scha-Ra seine Handflächen entgegen. Ein rotes Licht explodierte und schoss auf den Zauberer zu. Scha-Ra gelang es nicht rechtzeitig auszuweichen. Er wurde von einer gewaltigen Kraft getroffen und zu Boden geworfen.

»Ich glaube, Fürst Alhala und seine Männer würden Probleme haben, dich zu kontrollieren, wenn du bei Bewusstsein bist«, sagte Tarkan kalt und ging durch die Tür hinaus.

In Gefangenschaft

Scha-Ra erwachte in einer kleinen, lichtlosen Zelle. Die Wand musste aus Mauersteinen bestehen, fühlte er, als er sich vorsichtig mit den Händen zu orientieren versuchte. Das Verlies dampfte vor Wärme und trieb ihm den Schweiß auf die Stirn. Schließlich ertastete er auch Arul. Der Winterbär lag ausgestreckt auf dem Boden und war offenbar nicht in der Lage, sich zu bewegen.

Scha-Ra stand auf. Langsam gewöhnten sich seine Augen an die Dunkelheit. Der Kopf tat ihm weh, und seine Beine drohten, unter ihm wegzusacken. Mit unsicheren Schritten wankte er um den Winterbären herum und legte seine Hand auf dessen Schnauze.

»Hörst du mich, Arul?«, fragte Scha-Ra besorgt.

Der Winterbär öffnete die Augen und sah ihn mit einem verschleierten Blick an.

Scha-Ra lächelte und legte den Kopf an seinen. Eine schwache Kälte strömte von Scha-Ra hinüber zum Winterbären. Arul streckte ihm seine Schnauze entgegen und spürte, wie er leichter atmen konnte.

»Was ist mit Emantucel?«, fragte Scha-Ra.

Arul schloss die Augen. »Er blieb zurück, bei Fürst Alhala. Wer weiß, was dieser mit ihm anstellt, wenn er die Mekks nicht findet.«

Scha-Ra nickte. »Bist du ernsthaft verletzt?«, erkundigte er sich dann.

»Mir ging es schon schlechter«, erwiderte Arul und versuchte zu lächeln. Wegen der Schmerzen und der drückenden Hitze brachte er aber nur eine merkwürdige Grimasse zustande.

Scha-Ra setzte sich auf die Knie und begann, Arul zu untersuchen. Der Winterbär hatte tiefe Wunden, stellte der Zauberer fest. Es waren sowohl Sehnen als auch Muskeln verletzt worden.

»Wo tut es am meisten weh?«, fragte Scha-Ra.

»Unten an der Pfote«, flüsterte Arul. »Aber es hört bestimmt gleich auf.«

Scha-Ra hob vorsichtig eine Pfote nach der anderen hoch, und dann sah er es: Dunkles Blut strömte aus einer großen, offenen Wunde an Aruls Vordertatze. Er drückte kräftig auf das Bein, um die Blutung zu stoppen, dann nahm er seinen Umhang ab und riss ihn in Streifen. Sorgfältig verband er den Winterbären. »Das wird gleich ein wenig wehtun«, sagte er leise, während er das Bein auf einen Hocker legte.

»Ich habe nichts gespürt«, sagte Arul tapfer.

Scha-Ra drückte mit der Hand leicht auf die verwundete Pfote. »Spürst du das?«, fragte er ernst.

»Ja …«, sagte Arul.

Der Zauberer atmete erleichtert auf. Gott sei Dank – der Winterbär hatte immer noch ein Gefühl im Fuß.

»… aber es hat nicht wehgetan«, fügte Arul beinahe trotzig hinzu.

Scha-Ra drückte stärker zu. »Und das? Tut dir das jetzt weh?«, fragte er.

Arul schüttelte den Kopf.

Mit Schrecken sah Scha-Ra jetzt, dass Blut durch die Verbände sickerte und sich am Boden unter Arul zu großen Pfützen sammelte. Die Wunden waren zu tief. Der Zauberer hielt den Atem an. Wenn er die Blutung nicht stoppen konnte, würde Arul – lange bevor ihm die Wärme das Leben nahm – an dem hohen Blutverlust sterben.

»Es sieht schlecht aus, oder?«, fragte der Bär teilnahmslos.

»Es ging dir schon schlechter«, log Scha-Ra und versuchte, überzeugend zu lächeln.

Die Stimme verschwindet

Das Volk der Terraqus

Alak schrie, so laut er konnte, und füllte seine Lungen gierig mit Luft. Er fühlte sich, als ob ihm jemand plötzlich einen großen Stein von der Brust genommen hätte. Vorsichtig versuchte er, sich zu bewegen und sich zu orientieren.

Um ihn herum war alles dunkel, und er hatte Mühe, seine Gliedmaßen zu bewegen. Er blinzelte unsicher. Als seine Augen sich an die Dunkelheit gewöhnt hatten, sah er, dass um ihn herum Sandkörner glitzerten. Langsam dämmerte ihm, wo er war: Er befand sich unter der Sandoberfläche. Verwundert versuchte Alak, noch mehr herauszufinden, und erkannte, dass er sich in einer glänzenden, durchsichtigen Blase bewegte.

Was war geschehen?

Seine Erinnerung war unklar, irgendwie verschwommen. Alak sah Bilder der untergehenden Sonne vor sich und von einem Himmel, der langsam die Farbe wechselte – von klarem Blau zu Grau.

Krampfhaft versuchte Alak sich zu konzentrieren. Jemand hatte ihn ergriffen, das wusste er noch. Ob es Ilke gewesen war, die versucht hatte, ihn aus dem Sand zu ziehen? Nein, das konnte nicht sein. Es war jemand anders gewesen. Jemand, der seine Beine gepackt und an ihnen gezogen hatte. Auf einmal waren überall Hände gewesen, viele Hände, die ihn unerbittlich und mit Macht immer weiter in den Sand hineinzogen.

Alak erschrak. Hatte Emantucel nicht von den Terraqus erzählt, die ihre Gefangenen verspeisten? Er musste fliehen … er musste wieder an die Erdoberfläche gelangen. Nach oben … Doch woher sollte er wissen, wo oben und wo unten war? Verzweifelt hörte der Elfenjunge auf zu zappeln. Vielleicht bewegte er sich ja gerade in die falsche Richtung und versank immer tiefer im Sand?

Panik ergriff den Elfenjungen. Er begann am ganzen Leib zu beben; sein Körper zitterte, als ob er Fieber hätte, und klar denken konnte er auch nicht mehr.

Da begann die Stimme in seinem Kopf ein ruhiges Lied zu summen.

Alak konzentrierte sich auf die Melodie, und langsam kam sein Körper zur Ruhe.

Als das Lied zu Ende war, flüsterte sie ihm beschwörend zu: »Bleib ruhig! Und versuche, klar zu denken!«

Alak nickte. Was soll ich als Nächstes tun? dachte er. Und wo bin ich überhaupt?

»Du bist unter der Sandoberfläche«, antwortete die Stimme. »Ich schlage vor, du suchst jetzt nach Ilke und dann versucht ihr gemeinsam, hier herauszukommen.«

»Aber ich weiß nicht, was oben und was unten ist«, wandte Alak ein.

»Folge einfach deinem Instinkt«, riet die Stimme und fügte ernst hinzu: »Ihr seid in großer Gefahr. Die Terraqus haben dich in den Sand hineingezogen. Das tun sie nur, wenn sie Hunger haben oder sich an jemandem rächen wollen.«

»Aber warum kann ich hier unten atmen und mich bewegen? Warum haben sie uns nicht schon getötet? Warum? Und wer sind sie genau?« Die Fragen sprudelten nur so aus Alak heraus.

»Immer schön langsam und der Reihe nach«, sagte die Stimme freundlich. »Also: Erinnerst du dich, wie der Meeresfürst Alunaq dir die Gabe schenkte, unter Wasser atmen zu können?«

Alak nickte. Er wusste noch gut, wie er bei Emblaz in die Wogen gesprungen war und Alunaq ihn vor dem Ertrinken gerettet hatte.

»Die Terraqus sind Meeresgeschöpfe«, sagte

die Stimme leise. »Und sie haben dir die Fähigkeit geschenkt, dass du im Sand atmen und dich darin bewegen kannst.«

»Aber warum?«, wunderte sich Alak.

»Das weiß ich nicht«, antwortete die Stimme leise.

Mit langsamen Bewegungen versuchte Alak, sich umzudrehen. Ob ihn jemand beobachtete? Ängstlich sah er sich um und entdeckte etwas Schwarzes, das einige Meter entfernt regungslos dalag.

Der Elfenjunge hielt den Atem an. Wenn das ein lebendiges Wesen war, jemand, der ihn vielleicht töten wollte, so wollte er auf keinen Fall stillhalten und warten, bis sein letztes Stündlein geschlagen hatte. Unter Aufbietung aller seiner Kräfte drückte er sich durch die Sandschicht.

Und dann sah Alak eine Gestalt, die langsam Konturen bekam und irgendwie vertraut wirkte. Sie streckte die Hand nach ihm aus und schrie aufgeregt. Der Elfenjunge atmete erleichtert auf: Es war Ilke.

»Alak?« Ihre Stimme hörte sich tief und rau an.

Der Junge lächelte. »Ja, ich bin es.«

»Was ist geschehen? Sind wir tot?«, fragte Ilke.

»Nein. Die Terraqus haben uns nach unten, unter den Sand, gezogen. Ich weiß nicht, warum wir noch leben, doch das Meeresvolk hat uns die Gabe geschenkt, dass wir hier unten atmen und uns bewegen können.«

»Die Terraqus …«, murmelte Ilke nachdenklich. »Von denen uns Emantucel erzählt hat?«

»Ja«, antwortete Alak.

Ilke betrachtete nachdenklich ihre Handfläche, in der Eiskristalle glitzerten. Dann lächelte sie. »Ich weiß, weshalb wir uns hier bewegen können«, sagte sie stolz. »Weil das um uns herum Wasser ist: Wir schweben in einer Wasserblase im Sand.«

»Dann hör sofort auf, deine Gabe einzusetzen«, sagte Alak. »Wenn diese Blase tatsächlich mit Wasser gefüllt ist, frierst du uns in einem Eisblock ein.«

»Daran habe ich nicht gedacht«, sagte Ilke erschrocken und zog schnell ihre Hand zurück.

Ein Licht bewegte sich unter ihnen. Es kam rasch näher und wurde immer heller.

»Nimm dich in Acht!«, sagte der Elfenjunge und zeigte in die Richtung. »Da scheint jemand auf uns zuzukommen.«

Ilke griff nach Alak und hielt sich dicht neben ihm. »Stell dir vor, sie haben uns nur deshalb am Leben gelassen, weil sie uns bei lebendigem Leibe verspeisen wollen«, flüsterte sie. Ihre Stimme zitterte.

»Dann bringst du sie zum Gefrieren«, sagte Alak. »Tiefgefroren zu sein ist tausendmal besser als aufgefressen zu werden …«

Erschrocken schwieg er und sah sich um. Auf einmal waren überall kleine, blinkende Lichter um sie herum. Und jetzt erkannte Alak auch, dass es Augen waren, die sie anstarrten. Als sie näher rückten, erkannte er undeutlich auch ihre Konturen. Die Wesen hatten grauschwarze, schrumpelige Körper und hatten Gesichter, die irgendwie wie eingetrocknete Maden aussahen.

Schnell zog der Elfenjunge Ilke hinter sich. Keine Sekunde zu früh, wie er merkte: Denn es streckten sich ihnen Arme entgegen, und fremde Finger begannen, sie zu berühren, ihnen übers Haar zu streichen und an ihren Kleidern zu zupfen.

Ilke zuckte hinter ihm zusammen. »Jemand hat mich gebissen!«, schrie sie panisch und klammerte sich an Alak.

Sofort löste sich einer der Schatten aus der Gruppe und begann, im Kreis um die Elfenkinder herumzuschwimmen. Damit hielt er die anderen Terraqus auf Abstand.

Nach einer Weile glitt er behände auf Alak zu. »Schau an, schau an! Elfen!«, zischte er und leckte sich die trockenen, grauschwarzen Lippen. »Mmmm, mm«, murmelte er genüsslich und rollte begeistert mit den Augäpfeln. Als er das Maul öffnete, blickte Alak auf zwei Reihen messerscharfer weißer Zähne und zuckte unwillkürlich zusammen.

Doch noch hatte die Gestalt nicht vor, ihn zu töten. Sie streifte nur leise schmatzend um Alak herum und beobachtete ihn konzentriert.

Der Elfenjunge atmete schwer und versuchte, so ruhig wie möglich zu bleiben. Als er jedoch spürte, wie etwas in seinen Fuß stach, schrie Alak panisch auf. Der Terraqu hatte ihm eine tiefe Bisswunde beigebracht. Blut perlte aus der Wunde.

Ilke zitterte am ganzen Körper. »Was sollen wir nur tun?«, flüsterte sie verzweifelt und versuchte sich wegzuducken. Allerdings vergeblich, denn die Gestalt kreiste sie bereits ein und verschlang sie mit Blicken. Ihre Zähne waren rot vor Blut. Der Terraqu näherte sich ihr, er sah ihr in die Augen und grinste.

»Bring ihn zum Gefrieren«, flüsterte Alak entschlossen.

»Aber friere ich dann nicht alle von uns ein?«, fragte Ilke panisch.

»Das ist dann auch egal. Nun mach schon!«, stöhnte Alak.

Ilke schloss die Augen und hob ihre Handflächen in Richtung der Gestalt, als ein anderer Terraqu in rasanter Fahrt angeglitten kam. Er stellte sich zwischen die Elfenkinder und den blutrünstigen Terraqu.

»Ssstopp! Das sind meine!«, fauchte er böse. »Die gehören mir! Die werden nicht versspeissst.«

Der Angreifer zuckte zusammen und blickte den wütenden Terraqu ängstlich an. Dann verschwand er, so schnell er konnte.

Auch die restlichen Terraqus zogen sich leise zurück. Als sie verschwunden waren, drehte sich der Terraqu, der sie gerettet hatte, zu den Geschwistern um. Seine Augen leuchteten wie die der anderen, doch unter seiner braungrauen Haut wogte es blau.

»Isst du uns jetzt ganz allein auf?«, fragte Ilke mit zitternder Stimme.

»Sss. Habt keine Angsst«, zischte der Terraqu. Er nahm Ilkes Hand und drückte das Schmuckstück, das sie von Alunaq, dem Fürsten des Meeresvolkes, bekommen hatte, gegen seine Stirn. Der Schmuck begann zu pulsieren, und Wasser strömte aus ihm in den Körper des Terraqus hinein.

Ilke zuckte zusammen. Sie hatte dieses Ritual bis jetzt nur einmal gesehen: als sie im Sklavenzelt in Emblaz einen Meeresmann rettete.

»Hsst. Ich bin Azur«, sagte der Terraqu und verbeugte sich vor den Kindern.

Ilke schaute Alak überrascht an. »Azur?«, fragte sie ungläubig.

Der Terraqu nickte. »Hsst. Du hasst mein Leben gerettet, und nun rette ich deinss, kleines Mädchen.«

»Bist du es wirklich?«, rief Ilke erfreut. »Der Meeresmann, den ich in Emblaz vor der Sklaverei gerettet habe? Du siehst so anders aus!«

Azur nickte. »Hsst. Ich ssehe nicht mehr auss wie ein Meeressmann, oder?«

»Doch, du siehst immer noch aus wie ein Meeresmann«, sagte Ilke und streckte die Hand nach ihm aus.

»Was ist, wenn die anderen zurückkommen?«, mischte sich jetzt Alak ins Gespräch.

Azur wurde unruhig und sah sich um. Dann ergriff er die Hände der Zwillinge. »Hsst. Kommt mit!«, zischte er und eilte los.

In Windeseile schlängelte sich Azur durch den Sand und zog Alak und Ilke einfach mit sich. Sie waren so schnell, dass die Sandkörner wie Nadeln in Ilkes und Alaks Haut stachen. Die Zwillinge stöhnten verzweifelt.

Zum Glück hielt Azur nach einer Weile an und zeigte auf etwas Dunkles genau vor ihnen. »Ssss. Da gehen wir rein!«, zischte er eifrig und war bereits verschwunden.

Ilke sah besorgt zu Alak. Der Schatten war breit und hoch und erinnerte an einen großen Rachen. Was sie jedoch am meisten ängstigte, war, dass er so bedrohlich nahe war und sie dennoch nicht erkennen konnten, worum es sich dabei handelte.

Alak streckte seine Hand aus. »Komm!«, sagte er mutig. »Das ist eine Öffnung, eine Art Tür. Wir müssen gehen, sonst verlieren wir Azur!«

Ilke folgte ihrem Bruder widerwillig. Hinter dem Eingang konnte sie trübes, brackiges Wasser ausmachen. Der Gestank war unerträglich, doch als sie durch die Tür gegangen waren, fiel es ihnen leichter, sich zu bewegen, und außerdem war die Sicht besser.

»Es ist, als ob wir am Grund des Merihba-Sees wären, findest du nicht?«, fragte Ilke.

Alak lächelte und nickte. »Ja. Und das ist bedeutend angenehmer.«

Azur winkte die Geschwister zu sich und ging dann voraus durch einen langen Gang.

Um sie herum trieben tote Blätter und kleine Fische, und jedes Mal, wenn sie eine Schwimmbewegung machten oder sich abstießen, wurde Schlamm vom Boden aufgewirbelt.

»Sieh mal!« Alak zupfte Ilke an der Jacke. »An den Wänden sind Pantolyphen.«

Ilke blieben stehen und sah sich interessiert um.

Die meisten Zeichnungen waren unter Schlamm- und Lehmschichten verborgen. Ilke ließ ihre Hand vorsichtig über die Wand gleiten und wischte die glitschige Schicht ab, sodass die Pantolyphen in all ihrer Farbenpracht zu strahlen begannen. Schnell wischte sie weiter.

Alak half, und nach kurzer Zeit sahen die Zwillinge, dass die Schriftzeichen als Borten über die gesamte Wand liefen.

»Hsst. Dass isst ein alter Palasst, der im Ssand verssunken isst«, erklärte Azur, der zu ihnen zurückgekommen war, um sie abzuholen. »Sso weit unten gibt ess keinen Ssand. Dass Wassser isst nicht sso sschön wie dass Meer, aber ess isst Wassser«, fuhr er träumerisch fort.

Alak war jedoch mehr damit beschäftigt, die Zeichnungen an den Wänden zu deuten, als sich Gedanken zu machen, wo es schöner war: hier oder im Meer. »Scha-Ra hat uns von den Zeichnungen erzählt«, erklärte er Azur. »Das sind Schriftzeichen, die vor Tausenden von Jahren benutzt wurden. Sie erzählen eine Geschichte.«

»Das sieht aus wie Zauberer, die durch ein Loch gehen«, sagte Ilke und zeigte auf eine Zeichnung, die eine Reihe von Männern mit langen Bärten und Umhängen zeigte, die durch einen Kreis in einer Wolke gingen. Die Wolke daneben hatte ebenfalls ein Loch und war durch seltsame Wellenlinien mit der ersten verbunden. Direkt neben ihr standen nackte Leute mit kleinen Köpfen, die Geschenke bei sich trugen und sie vor der Wolke ablegten.

»Das sind Zauberer, die durch ein Portal in eine andere Welt eintreten«, sagte Alak erstaunt.

»Eine andere Welt?« Ilke sah ihn verwundert an und studierte dann die Zeichnung. »Es sieht so aus, als ob der rote Stein unter dem Wolkenbild das Loch öffnet«, stellte sie fest. »Was soll das sein?«

»Parados' Auge«, flüsterte Alak andächtig.

Ilke sah ihn verwundert an. »Parados' was?«

»Hsst. Kommt!«, drängte Azur. »Wir haben

keine Zeit!« Er schaute ängstlich zum Portal, durch das sie eingetreten waren. »Wir müssen weiter!«

Die Kinder folgten seinem Blick und sahen, wie sich dort etwas bewegte. Kleine Lichter blinkten um die Wette und wurden immer mehr.

Azur sah sie bittend an. »Hsst. Kommt jetzt! Sschnell!«

»Ein anderes Mal«, sagte Alak zu Ilke.

Als sie sah, dass die Lichter direkt auf sie zukamen, nickte Ilke. »Gut. Ein anderes Mal.«

Die Flucht

Alak und Ilke eilten hinter Azur her, durch eine neue Tür und in einen großen Saal hinein, der von glühenden Steinen an den Wänden erhellt wurde.

Am anderen Ende des Saales saß, von Wachen umgeben, ein Terraqu auf einem Thron. Er war schwarz, runzelig und irgendwie alt. Die leuchtenden Augen waren das Lebendigste an ihm.

Alak und Ilke erschauderten.

»Hsst. Dass isst Tamü, der ältesste Terraqu«, flüsterte Azur und schob sie nach vorn.

Die Elfenkinder verbeugten sich tief vor Tamü. Im Wasser war das zwar nahezu unmöglich, aber der Terraqu schien zufrieden.

»Hrtss. Willkommen!«, sagte er in einem raspelnden Ton. Das Sprechen schien ihm schwerzufallen. Seine Stimme war trocken und schien sich langsam aufzulösen, genau wie die Haut auf seinem Körper, die bei jeder Bewegung in großen Schuppen herabfiel. Die Diener kamen kaum hinterher, alle wunden Stellen mit der braunen, zähflüssigen Salbe zu bestreichen, die sie bereithielten.

Alak und Ilke schauten verwundert zu Azur.

»Htsss. Ich ssehe, dasss ihr euch wundert, wie wir hier unten leben«, zischte Tamü. Er lächelte und zeigte seine scharfen weißen Zähne. »Htsss. Normalerweisse versspeisen wir ssolche wie euch. Oder wir töten ssie, einfach sso, auss Sspaß an der Freude.«

»Aber warum?«, fragte Alak vorsichtig.

Plötzlich erstarrte Azur. Die Terraqus, die ihnen gefolgt waren, standen nun alle im Thronsaal und warteten gespannt darauf, wie Tamü auf Alaks Frage reagieren würde.

Alak verstand, dass er Vorsicht walten lassen musste. Es könnte gefährlich – vielleicht sogar tödlich – sein, den Alten zu kränken.

Ilke stellte sich näher zu Alak. All die Terraqus im Raum flößten ihr Angst ein. Vor nicht einmal einer Stunde hatten sie noch versucht, sie zu fressen. Jetzt schaukelten sie ihre Körper vor und zurück, und es sah ganz und gar nicht so aus, als ob sie sich voll unter Kontrolle hätten.

Der Terraqu, den Azur davongejagt hatte, trat vor und verbeugte sich vor dem Alten.

»Htss. Tritt vor, Esau!«, zischte Tamü.

Esau glitt an Alak vorbei und grinste. Das Blut des Jungen färbte seine Zähne immer noch rot.

»Htss. Essau isst einer von Tamüss' engssten Freunden«, erklärte Azur. »Er hat Tamü einmal dass Leben gerettet. Und er isst mein ältesster Bruder.«

Die Kinder schauten Azur an und stellten fest, dass Esau ihm nicht im Entferntesten glich: Ihr Freund hatte eine angenehme blaue Farbe, die in seinen Adern unter der Haut pulsierte, während Esau eintönig grau war und böse dreinschaute.

Esau strich lächelnd an ihnen vorbei, setzte sich zu Füßen des Ältesten und legte den Kopf in dessen Schoß.

»Htss. Sie sind von der Erdoberfläche. Es sind Erdlinge«, zischte er Tamü zu und blickte Alak und Ilke scheel an.

»Sttt. Dass ssehe ich«, sagte Tamü. »Desshalb versspeissen wir euch«, sagte er dann zu den beiden und grinste schief.

»Aber warum?«, rief der Elfenjunge laut.

Azur knuffte ihn vorsichtig in die Seite.

»Lass mich«, schalt Alak seinen Freund ungehalten und wandte sich dann wieder an den Ältesten. »Ich möchte das jetzt wissen!«

Tamü zuckte zurück, als er Alaks scharfen Ton hörte

Auch Esau schien nicht wohl zu sein. Doch er entschied sich, zum Gegenangriff überzugehen. Mit seinem schrumpeligen Zeigefinger wies er auf Alak. »Hssst. Da ssiehsst du es, er will dich umbringen! Httsss!«, kreischte er.

Die Terraqus im Saal starrten die Elfenkinder und ihren Ältesten wortlos an. Die Stimmung heizte sich auf.

»Sttss. Hasst du Erdlinge mit hierhergebracht, damit ssie mich umbringen können?«, fragte Tamü und schaute Azur vorwurfsvoll an.

Dieser hatte sich bis jetzt still verhalten und war im Hintergrund geblieben. Nun schwamm er nach vorn und stellte sich schützend zwischen Alak und Tamü.

Der Alte wirkte sofort entspannter.

»Stts. Geehrter Tamü! Das ssind die beiden Erdlinge, die mich gerettet haben, alss ich Ssklave in Emblaz war«, erklärte er und fügte hinzu: »Du weißßt, was ess für einen Terraqu bedeutet, jemandem ssein Leben zu verdanken!«

Tamü wiegte sich nachdenklich hin und her und strich Esau zärtlich über den Kopf. »Sttss. Du hasst ssie gerettet, alss du ihnen die Gabe geschenkt hassst, im Ssand zu atmen«, entschied er schließlich. »Dass isst mehr als genug. Lasss ssie ziehen – ohne deine Begleitung.«

»Sttss. Geehrter Tamü!«, wandte Azur ein. »Du weißßt sso gut wie ich, dasss die Kinder nicht weit kommen würden. Ssobald ssie den Palasst verlasssen hätten, würden die anderen ssie in Sstücke reißßen. So kann man nicht entgelten, dasss einem dass Leben gerettet wurde.«

»Sschick ssie endlich weg!«, zischte Esau.

»Schick sie weg!«, summten die anderen Terraqus und schaukelten schneller vor Aufregung. »Schick sie weg. Schick sie weg. Schick sie weg.« Ihre Bewegungen wurden rhythmisch und verschmolzen zu einer einzigen Welle. Tamü stimmte in den Sprechchor mit ein und ließ seinen Körper von der Schaukelbewegung anstecken.

»Wir müssen von hier weg«, flüsterte Ilke.

Alak nickte.

Azur hatte nun ebenfalls die Augen geschlossen und zu schaukeln begonnen. Und was das bedeutete, wagten die Elfenzwillinge sich lieber nicht vorzustellen. Hektisch versuchten sie, sich ihren Weg nach draußen zu bahnen, doch die Terraqus standen so dicht um sie herum, dass sie nirgendwo durchkamen.

»Sstopp!«, rief der Alte plötzlich, und mit einem Ruck kamen die schaukelnden Terraqu-Körper zum Stillstand.

»Httss. Azur hat recht. Auch wenn wir die Erdlinge hasssen, dürfen wir nicht …« Tamü brach den Satz in der Mitte ab und starrte Alak und Ilke an. Dann erhob er sich langsam vom Thron und näherte sich Ilke.

Die Elfenkinder wichen ängstlich zurück, stießen jedoch unsanft gegen die unmittelbar hiner ihnen stehenden Terraqus. Sofort griffen Hände nach ihnen – neugierig, hungrig und erwartungsvoll.

Ilke machte sich ganz steif vor Entsetzen, als der Alte ihre Hand ergriff. Sofort begannen kleine Eiskristalle im Wasser zu funkeln, als der Schreck sie wie ein kalter Wind durchzuckte.

Tamü drückte den Kopf gegen ihre Hand, und schon wogte das Wasser des Schmuckstückes, das sie vom Meeresvolk bekommen hatte, durch ihn hindurch.

Der Älteste hielt Ilkes Hand lange fest, ja, er klammerte sich geradezu an ihr fest.

Sie sah unruhig zu Alak. Ob der Alte gerade starb?

Als Tamü sie endlich losließ, sah er sie eine Sekunde lang mit funkelnden blauen Augen an. Dann änderten sie langsam wieder ihre Farbe und schrumpften zu zwei leuchtenden Flecken. Er lächelte dankbar. Seine Haut war nun genauso blau wie die von Azur und sah frisch und gesund aus.

»Httss. Ssie bringen ihn mit Zauberei um!«, kreischte Esau entsetzt und begann, heftig mit dem Oberkörper zu schaukeln.

Die Terraqus zischten und heulten leise vor sich hin. Sie waren vollkommen verunsichert, weil sie nicht begriffen, was hier vor sich ging und was sie nun genau tun sollten.

»Httss!«, brüllte Tamü und warf Esau einen strengen Blick zu.

Sofort hielt Esau in seiner Bewegung inne, duckte sich und legte sich winselnd vor den Thronsessel. Dort blieb er liegen und schaukelte zaghaft weiter, als wollte er sich beruhigen.

Tamü sah Ilke an und lächelte. »Tssts. Einen Augenblick lang war mir, alss ob das Meer durch mich hindurchssströmte.«

»Was macht ihr hier, wenn ihr eigentlich zum Meeresvolk gehört?«, fragte Alak und zeigte auf Azur. »Azur gehört zum Meeresvolk, das weiß ich ganz genau.«

Tamü nickte. »Htts. Fast richtig, mein Junge. Er gehörte zum Meeressvolk. Früher einmal. Wir, die wir hier unten leben, ssind Terraqus.«

»Das verstehe ich nicht«, meldete sich jetzt

Ilke zu Wort. »Wollt ihr wirklich hier unten leben statt im Meer?«

»Warum geht ihr nicht zurück?«, fragte Alak.

»Niemalss!«, schrie Tamü und wich erschrocken zurück. »Wir gehören nicht länger zu ihnen. Wir ssind die Verdammten, eine sschmutzige und unwürdige Rassse.«

Er wandte sich von den Kindern ab, kletterte auf den Thron und verbarg sein Gesicht in den Händen.

Die Terraqus nahmen ihr Schaukeln wieder auf. Einige begannen zu heulen, andere zischten laut.

»Aber sterbt ihr nicht, wenn ihr hier unten bleibt?«, fragte Alak weiter.

»Doch«, entgegnete Tamü leise. »Hier unter der Erde trocknen wir auss. Langssam. Und desshalb hasssen wir euch ja auch sso ssehr!«, fauchte er und funkelte die Kinder böse an. Erst als sein Blick auf Ilkes Wasserschmuck fiel, beruhigte er sich wieder. Leise zischend schmiegte er sich in ihre Handfläche. »Wir trocknen auss, und ohne dass reine Wassser dess Meeress werden wir verrückt«, flüsterte Tamü und schaute die Elfenkinder ein letztes Mal prüfend an. Dann wandte er sich an Azur. »Ssie ssind deine Gässte. Nimm ssie mit zur

Oberfläche!«, befahl er tonlos. »Na loss, nun geht schon!«

»Danke, geehrter Tamü«, zischte Azur und zog Alak und Ilke schnell mit sich. Er hatte es eilig, durch die Menge der Terraqus zu kommen, die langsam zu begreifen schienen, was da gerade geschah. Hunger und Hass brausten und kochten in ihnen, als sie sich zu Tamü umwandten.

Esau schlüpfte um den Alten herum. »Wie konntest du die Erdlinge nur gehen lasssen?«, schimpfte er. »Ssie haben dich verhext. Einen neuen Tamü auss dir gemacht.«

Tamü starrte Esau scharf an. »Sstopp!«, sagte er, doch Esau ließ sich nicht bremsen. »Einen neuen Tamü, einen neuen Tamü!«, brüllte er und begann wie verrückt zu wippen.

Die anderen Terraqus stimmten sofort mit ein.

Während Azur sie panisch durch das Wasser zum Ausgang zog, hörten die Kinder Tamü in Todesangst schreien.

»Sschnell!«, rief Azur und die Angst stand ihm ins Gesicht geschrieben. »Gleich haben ssie ihn gefresssen. Und dann wollen sie euch.« Unerbittlich schleppte er Alak und Ilke durch das Portal und den Sand nach oben. Er legte ein solch atemberaubendes Tempo vor, dass sich ihnen fast der Magen umstülpte und alle ihre Muskeln schmerzten.

Plötzlich schien es, als ob flirrende, summende Töne unter ihnen explodierten. Alak spähte angestrengt nach unten, und was er sah, ließ ihm den Atem stocken: Hunderte von kleinen Lichtern kamen mit rasender Geschwindigkeit auf sie zu.

»Bitte, wir müssen es schaffen«, sagte Alak zu sich selbst und konnte den Blick nicht von den herannahenden Terraqus wenden.

»Da!«, rief Ilke aufgeregt und deutete mit dem Kopf nach oben.

Alak folgte ihrem Blick und atmete auf: Der Sand wurde heller. Sie näherten sich der Oberfläche.

Es wurde auch höchste Zeit – Alak spürte bereits, wie ein Terraqu seinen Fuß streifte. Er schlug verzweifelt um sich, kämpfte sich los und wurde nur noch schneller von Azur in die Höhe gezogen.

Mit einem Krachen brachen sie durch die Oberfläche und hörten den nassen Sand unter sich aufspritzen. Die Sonne brannte wie noch nie.

Stöhnend rollten die Zwillinge sich in dem trockenen, warmen Sand.

Azur versuchte, sich aufzurichten, wurde

jedoch von zahllosen Händen nach unten gezogen. Er schrie vor Schmerz, als er mit aller Kraft versuchte, sich an der Erdoberfläche zu halten. Alak und Ilke packten ihn und versuchten, ihn von den Terraqus wegzuzerren.

»Sie sind zu stark!«, schrie Alak verzweifelt.

Eine Hand schoss aus dem Sand und schlug in Azurs Nacken. Der Meermann rang nach Luft, als er mit gewaltiger Kraft nach hinten gerissen wurde.

Geistesgegenwärtig griff Ilke nach der kräftigen Hand, die aus dem Sand zu wachsen schien, und schloss die Augen. Sofort strömten Frost und Kälte aus ihren Händen, und mit einem fürchterlichen Schrei ließ der Terraqu Azur los. Ein paar Blasen stiegen an die Oberfläche und zerplatzten, dann war der Spuk vorbei.

Alak zog Azur auf den warmen Sand. »Wir müssen weg von hier!«, keuchte der Elfenjunge und rappelte sich auf.

Gerade als die Zwillinge Azur unter den Armen packten, brach mit einem lauten Krachen Esau durch die Sandoberfläche. Schreiend warf er sich auf Ilke und hielt sie fest. Seine Zähne ritzten rote Kratzer in ihre Haut. Ilke schrie vor Angst und Entsetzen. Reflexartig holte sie aus, um ihn abzuschütteln, und traf den Terraqu unsanft im Gesicht. Sofort ließ Esau sie los und verschwand laut jaulend im Sand.

»Gut gemacht!«, rief Alak. »Du hast ihm die Wange vereist!«

Ilke atmete schwer und richtete sich auf. Stöhnend krabbelte sie auf allen vieren zu Alak und Azur und hockte sich zu ihnen in den Sand.

»Wir müssen weg von hier, bevor noch mehr kommen«, drängte Azur, packte die Zwillinge und hastete in die Wüste hinein.

»Trocknest du in der Sonne nicht aus?«, fragte Alak, als sie ein gutes Stück gerannt und in Sicherheit waren.

Azur atmete schwer. Seine Haut blätterte bereits in faustgroßen Fetzen ab. Er sah krank und elend aus. »Ich kann niemalss mehr zurück«, sagte er leise und traurig. »Für mich gibt ess nirgendwo einen Platz. Da kann ich genausso gut hier ssterben.«

Ilke blieb stehen und streichelte Azur vorsichtig. »Warum bist du nicht ins Meer zurückgekehrt, nachdem ich dich in Emblaz befreit hatte?«, fragte sie.

Azur blieb stehen und weinte ohne Tränen. »Httss. Ich bin doch zum Meer gegangen!«, gestand er. »Aber ich habe ess nicht gesschafft, von meinen Leuten wieder aufgenommen zzu werden. Das geht allen Meeressleuten sso, die bei den Erdlingen in Gefangenschaft waren. Wir verändern unss, und am Ende ssind wir gar nichtss mehr: weder Erdlinge noch Meeressleute. Wir werden zu Terraquss.«

Die Zwillinge schwiegen betroffen.

»Ich habe ess mehrmalss verssucht«, zischte Azur und schluckte. »Ich wollte hinausssschwimmen, aber ich hatte zzu viel Angsst – vor dem Meer und vor meinen Leuten … Ich war nicht länger einer von ihnen.« Azur begann heftig zu schaukeln. »Ich habe mich dann an den Sstrand gelegt, um ausszutrocknen und zu ssterben. Da kamen ssie, die Terraqus, und haben mich gerettet«, fuhr er fort. »Sseitdem habe ich dort unten zussammen mit all denen gelebt, die sso ssind wie ich.«

»Du brauchst das hier mehr als ich«, sagte Ilke freundlich, nahm ihren Wasserschmuck ab und legte ihn in Azurs Hand.

Azur rang nach Luft und fiel vor ihr auf die Knie. Wasser strömte aus dem Schmuckstück in ihn hinein und durch ihn hindurch. Es pulsierte in blauen und meeresgrünen Farben durch seine Adern und heilte die wunden Stellen an seinem geschundenen Körper. Als

Azur die Augen öffnete, glänzten sie meeresblau.

»Danke«, flüsterte er.

»Warum hast du nicht cinfach darum gebeten?«, fragte Ilke und lächelte ihm kopfschüttelnd zu.

»Der Schmuck, den du von Fürst Alunaq bekommen hast, wird für den Träger zu einem Fluch – wenn er ihn nicht als Geschenk erhalten hat«, erklärte Azur.

Alak sah ihren Retter verblüfft an. Der Kontrast zwischen dem blaufarbenen Azur und dem beigefarbenen Sand war unglaublich. Der Meeresmann war hier, an der Erdoberfläche, beinahe noch fantastischer anzuschauen als im Meer.

»Du sprichst ganz anders«, stellte der Elfenjunge staunend fest. »Deine Stimme klingt auf einmal viel weicher. Und du zischst ja gar nicht mehr!«

Azur fasste sich an den Hals und schluckte ein paarmal. Dann lächelte er und nickte.

Der verborgene Garten

Nachdem sie vergeblich nach ihrem Ahmel gerufen hatten, beschlossen die Elfenkinder, zu Fuß weiterzugehen. Das Tier war sicher geflüchtet, als es sah, dass sie verschwanden.

»Hoffentlich findet es zu Scha-Ra und Arul zurück«, sagte Ilke leise.

Alak nickte. »Dann wissen die beiden auch, dass wir noch am Leben sind.«

Still wanderten sie durch die Wüstenhitze, um Kraft zu sparen. Alak bestimmte den Kurs. Schwer atmend ging er zwischen Ilke und Azur, denn die Hitze quälte ihn wieder. Azur hatte ebenfalls Probleme mit den Temperaturen: Dunstwolken stiegen aus seinem Körper auf, als ob er gerade am Verdampfen wäre. Ilke tat ihr Bestes, den beiden Linderung zu verschaffen, doch es fiel ihr zunehmend schwerer, sowohl sich selbst als auch die anderen abzukühlen. Der Sand brannte unter den Füßen und die Luft in der Lunge. Benommen stapften die drei durch die Wüste dorthin, wo sie Ras-Malam vermuteten. Einzig der Wille und der Gedanke, dass sie in die richtige Richtung gingen, hielt sie aufrecht.

Plötzlich hob Azur die Hand und zeigte nach rechts.

Reiter preschten ihnen entgegen. Sie wirbelten eine ungeheure Sandwolke auf.

»Vielleicht kommen sie hierher«, sagte Alak aufgeregt und fühlte, wie die Hoffnung in ihm wuchs.

Die Elfenkinder und Azur folgten der Wolke, die immer näher kam, gebannt mit den Augen. Zu ihrer großen Enttäuschung änderten die Reiter jedoch den Kurs und drehten nach links ab.

»Bist du dir sicher, dass wir in die richtige Richtung gehen?«, wandte sich Ilke skeptisch an ihren Bruder.

»Ja, ziemlich«, antwortete er zögernd. Dass die Reiter in eine andere Richtung verschwunden waren, machte auch ihn unsicher. Lag Ras-Malam wirklich geradeaus, wie er dachte, oder hatte er sich geirrt?

Ilke sah ihn resigniert an. »Was glaubst du? Wohin sind die Reiter verschwunden?«, fragte sie.

»In Richtung Greschih-Pass«, sagte Alak und versuchte angestrengt, sich die Karte ins Gedächtnis zu rufen, die Scha-Ra ihnen gezeigt hatte.

»Ich glaube, du irrst dich«, sagte Ilke. »Ich

glaube, Ras-Malam liegt in der Richtung, in die die Ritter verschwunden sind.«

Alak sah sie nachdenklich an. Die Wärme machte ihn unsicher. »Hast du aufgepasst, als Scha-Ra uns die Karten von der Wüste gezeigt hat?«, fragte er skeptisch.

Ilke runzelte die Stirn. »Natürlich – was denn sonst?«, schnaubte sie beleidigt. Sie hatte sich nämlich gerade entschieden, dass sie recht hatte. »Also, was ist? Ich schlage vor, dass wir der Staubwolke folgen, von der wir auf jeden Fall wissen, dass dort jemand ist.«

Azur nickte als Erster: »Das klingt vernünftig«, sagte er.

»Aber das ist ja fast die entgegengesetzte Richtung«, gab Alak resigniert zu bedenken.

»Selbst wenn Ras-Malam nicht da liegt, wo die Reiter verschwunden sind – vielleicht finden wir dort aber jemanden, der uns helfen kann, dorthin zu kommen«, sagte Ilke entschieden. »Hier draußen sterben wir, wenn wir nicht bald Hilfe bekommen.«

»Warum müssen wir eigentlich nach Ras-Malam?«, fragte Azur.

»Wir werden Scha-Ra und Arul dort treffen«, sagte Alak.

»Eure Familie?«

»Unsere Familie«, lächelte Ilke und nickte.

»Ich ändere nicht gern den Kurs, aber wahrscheinlich hast du recht«, gab Alak schließlich nach. »Vielleicht ist dort ja wirklich jemand, der uns helfen kann.«

Sie wechselten den Kurs und schleppten sich mühsam und voller Zweifel in die von Ilke vorgeschlagene Richtung. Als der Abend kam, näherten sie sich einer üppigen grünen Oase.

»Ich hoffe, das ist keine Fata Morgana«, seufzte Ilke, konnte aber ein Lächeln nicht unterdrücken.

»Ich denke, wir sehen das Gleiche«, sagte Alak. »Sand und noch mehr Sand.«

Azur sah den Elfenjungen erschrocken an, Ilke kannte seinen Humor aber schon etwas länger und stieß ihrem Bruder grinsend den Ellenbogen in die Seite.

»Scher dich nicht um ihn«, sagte sie zu Azur. »Er ist nur sauer, weil ich recht hatte.«

Alak lächelte süffisant und zog Ilke an den Haaren.

Azur atmete erleichtert auf und schüttelte den Kopf. »Ihr habt mich ganz schön verwirrt«, seufzte er. »Ich dachte fast, das wäre zu schön, um wahr zu sein!«

Die beiden anderen wollten schon auf die Oase zustürmen, doch Alak hielt sie zurück.

»Wartet!«, sagte er ernst. »Wir sollten uns erst vergewissern, dass wir uns nicht in Gefahr begeben.«

»Jetzt wäre mein Umhang nützlich!«, seufzte Ilke.

Alak nickte und wandte sich an Azur. »Kannst du uns nicht unter dem Sand zur Oase bringen?«

»Auf keinen Fall!«, rief Ilke erschrocken. »Ich gehe da nicht mehr runter. Nur, wenn ich gezwungen werde.«

Azur legte ihr beruhigend die Hand auf die Schulter. »Ich gehe allein«, schlug er vor. »Allein bin ich schneller. Haltet euch einfach hier hinter der Sanddüne versteckt und wartet auf mich.«

Ehe die Geschwister antworten konnten, war Azur bereits unter der Sandoberfläche verschwunden.

Alak setzte sich neben Ilke. Der Himmel begann bereits, sich dunkelblau zu färben, und die ersten Sterne funkelten am Firmament. Alak erinnerte sich daran, was Scha-Ra gesagt hatte, als sie das letzte Mal zusammengesessen hatten und den Sternenhimmel betrachteten.

»Vielleicht sehen Scha-Ra und Arul ja genau jetzt auch zu den Sternen hoch«, flüsterte Ilke und kuschelte sich an Alak.

»Mm«, sagte er. »Vielleicht denken sie an uns und überlegen, wo wir sind.«

Ilke begann zu weinen. »Ich vermisse sie so sehr«, schluchzte sie.

Alak legte einen Arm um seine Schwester und drückte sie liebevoll an sich. »Wir sehen sie bestimmt bald wieder«, flüsterte er zuversichtlich.

Sie saßen stumm beisammen und hingen ihren Gedanken nach, als der Sand neben ihnen plötzlich feucht und dunkel wurde. Sie standen auf und machten sich – für den Fall, dass es jemand anders als Azur war – bereit, wegzulaufen.

»Habe ich euch erschreckt?«, fragte Azur, als er aus dem Sand auftauchte.

Ilke nickte.

»Und?«, fragte Alak gespannt.

Azur lächelte. »Die Oase ist traumhaft«, schwärmte er und bekam ganz glasige Augen. »Es gibt frisches Wasser, und überall wachsen Obstbäume.«

»Ist dort jemand?«, fragte Ilke.

Azur schüttelte den Kopf. »Jetzt ist zumindest niemand dort«, korrigierte er sich aber gleich.

So erleichtert Alak war, dass es nicht gefährlich würde, in der Oase Rast zu machen, so unwohl war ihm bei dem Gedanken, dass sie dort nicht auf Hilfe hoffen konnten. Wie sollten sie nur jemals den Weg nach Ras-Malam finden?

Ilke verschwendete jedoch keine sorgenvollen Gedanken an ihre Zukunft. Sie freute sich auf das Hier und Jetzt. »Kommt!«, johlte sie und rannte durch den weichen Sand. »Wer zuerst da ist, hat gewonnen!«

Alak und Azur lächelten einander zu, dann nahmen sie die Beine in die Hand.

Ilke hatte sich mitsamt den Kleidern in den See gestürzt und planschte schon zufrieden im Wasser, als Alak und Azur angerannt kamen. Die beiden machten es wie sie – und warfen sich, so wie sie waren, in den See. Das Wasser war kalt und erfrischend.

Sie lagen lange im Wasser und schauten zum Sternenhimmel hinauf. Alak war der Erste, der spürte, wie sich die Kälte der Nacht über das Wasser legte. »Wir müssen an Land und unsere Sachen trocknen, bevor es zu kalt wird«, sagte er und schwamm in Richtung Strand voraus.

Azur und Ilke hängten ihre Sachen in der kühlen Brise über einige Äste.

Azur pflückte Obst, und wohlig seufzend

setzten sie sich in den Sand unter eine Palme, um zu essen. Niemand sagte etwas, die drei lächelten einander nur selig an: So gut war es ihnen schon lange nicht mehr gegangen.

Alak fühlte sich frei und unbekümmert, aber gleichzeitig auch sehr weit weg von der Wirklichkeit. Es war sowohl beängstigend als auch befreiend, sich nicht darum sorgen zu müssen, was um sie herum und mit ihnen geschah.

Plötzlich meldete sich die Stimme in seinem Kopf. Sie wirkte so fern und undeutlich, als ob sie am Verschwinden wäre. »Was ist los?«, fragte sie.

»Wir haben mitten in der Wüste eine Oase gefunden«, antwortete Alak. »Hier wachsen Obstbäume, und das Wasser ist frisch und klar.«

Eine Weile blieb alles still, dann meldete sich die Stimme wieder zu Wort. »Ihr müsst weg!«, warnte sie eindringlich. »Etwas stimmt hier nicht. Ich verliere den Kontakt zu dir.«

Alak war verwirrt und fühlte, wie sein Kopf schwer wurde.

»Alak! Ihr müsst sofort weg!«, befahl die Stimme. »Esst das Obst nicht und trinkt auf keinen Fall das Wasser! Nimm Ilke und Azur mit dir und laufe, so schnell du kannst, weg!«

»Wer hat gesagt, dass ihr nicht von dem Obst essen und von dem Quellwasser trinken könnt?«, hörte Alak eine andere Stimme, die wie ein kühler Wind an ihm vorbeistrich.

»Ja«, sagte Alak böse zu der Stimme in seinem Kopf. »Wer hat das gesagt? Wir haben seit so vielen Tagen kaum etwas gegessen, wir haben uns durch die Wüste geschleppt und sind fast von Terraqus gefressen worden. Und nun willst du, dass wir einfach wieder in die Wüste gehen?«

»Alak!«, erwiderte die Stimme. »Was du gehört hast, war die Stimme der Oase, die versucht, dich zu verwirren. Du musst auf mich hören …«

»Um nichts in der Welt!«, rief Alak und ballte die Fäuste.

»Was meinst du damit?«, fragte Ilke, und auch Azur schien verwirrt.

Der Elfenjunge blickte die beiden verlegen an. »Ich finde nur, dass es uns so gut geht«, lächelte er dann und zwinkerte Ilke und Azur zu. »Und ich will um nichts in der Welt wieder weg von hier«, lachte er.

Die beiden stimmten in sein Gelächter ein.

»Nicht einmal, um eure Familie zu finden?«, witzelte Azur.

Alak wurde ernst, und eine tiefe Traurigkeit

erfasste ihn. Trotzig schüttelte er den Kopf. »Niemand in der Welt bringt mich dazu, diese Oase zu verlassen«, wiederholte er. »Wir schlafen hier, dann versuchen wir herauszubekommen, wo wir uns genau befinden und in welche Richtung wir morgen gehen sollen.«

»Bist du sicher, dass das so klug ist?«, fragte Azur besorgt. Irgendetwas stimmte nicht, das spürte er. Alaks Stimme hatte sich verändert.

Alak zog es vor, nicht zu antworten, und warf einen raschen Blick auf Ilke: Sie hatte die gleiche ernste Falte auf der Stirn wie er selbst. Das bedeutete, dass sie Verdacht geschöpft hatte.

Die Frage von Azur ärgerte den Elfenjungen. Nicht, weil er anderer Meinung war – sie sollten ja vorsichtig sein –, sondern weil sich alles so sicher anfühlte. Und Azur war der Einzige, der das offenbar nicht verstand.

»Geht weg! Dieser Ort ist gefährlich!«, rief die Stimme verzweifelt. Sie klang, als wäre sie weit weg, hinter einem dichten Nebelmeer.

Alaks Kopf fühlte sich schwer an, doch müde war er nicht. Instinktiv versuchte er, die Stimme festzuhalten, um ihr die Meinung zu sagen, doch es gelang ihm nicht. Sie entglitt ihm. »Halt dich bloß zurück!«, drohte er ihr.

»Wenn es diese Oase nicht gegeben hätte, wären wir jetzt wahrscheinlich schon tot.«

Ilke ließen die seltsamen Bemerkungen von Alak nicht mehr los. »Warum sollte es überhaupt gefährlich sein, hier zu schlafen?«, hakte sie skeptisch nach.

Azur wiegte den Kopf. »Und wenn nun in der Nacht jemand kommt? Sollten wir nicht vorsichtig sein?«, gab er zu bedenken.

Alak schüttelte den Kopf. Nicht einmal zusammen mit Scha-Ra und Arul hatte er sich so sicher gefühlt wie hier. »Wir bleiben!«, entschied er in einem Tonfall, der keinen Widerspruch duldete.

Azur wurde wütend. »Ich verstehe euch nicht: Zuerst wollt ihr, dass ich die Oase erkunde, um zu sehen, ob sie sicher ist, und nun ...« – er sah die Zwillinge resigniert an –, »... nun pfeift ihr darauf, ob mitten in der Nacht eine Bande Wüstenräuber oder Sklavenhändler angeritten kommt und uns den Garaus macht.«

»Reg dich ab!«, sagte Alak beruhigend und deutete um sich. »Sieh dich doch nur um – hier gibt es keine Gefahren! – Oder kannst du welche entdecken?«, fragte er Ilke.

Sie lächelte und legte ihren Arm um Azur. »Wenn Alak sagt, dass es hier sicher ist, dann braucht man sich keine Sorgen zu machen«, erklärte sie dem Meermann ernst.

Alak stand zufrieden auf. Auf seine Schwester war Verlass. »Wollen wir noch ein bisschen baden gehen?«, fragte er munter.

Das ließ Ilke sich nicht zweimal sagen. »Ja!«, rief sie begeistert und rannte los.

»Heute Nacht wird es kalt«, mahnte Azur und hielt Alak fest. »Ihr könntet erfrieren, wenn ihr jetzt baden geht.«

Ärger und Wut schwappten urplötzlich in Alak hoch. Warum konnte Azur nicht begreifen, dass dies der friedlichste und sicherste Ort war, an dem sie jemals gewesen waren? »Lass mich los!«, knurrte er und starrte den Meermann zornig an.

Dieser ließ ihn seufzend los, und sofort rannte Alak zu Ilke und sprang kopfüber ins Wasser.

Azur war verwirrt. Waren die Erdlinge so verschieden von den Meeresleuten? Ihm gefiel Alaks Benehmen ganz und gar nicht. Nachdenklich ging er zum Rand der Oase. Dort legte er sich hin, um zu schlafen.

Wujudze

Als Alak und Ilke aus dem Wasser kamen, fanden sie Azur nicht mehr.

»Er ist bestimmt sauer, weil wir so viel Spaß hatten«, sagte Alak und setzte sich in den Sand.

»Er hatte vielleicht Angst vor Wüstenräubern«, lachte Ilke. Auch sie fühlte sich hier pudelwohl und so entspannt und glücklich wie noch nie.

»Wir könnten eigentlich hier leben«, sagte Alak und streckte sich im Sand aus.

»Eigentlich?«, lächelte Ilke. »Ich könnte für immer hierbleiben.« Sie legte sich neben ihn und seufzte wohlig.

Alak legte den Arm um sie, und augenblicklich ergriff ihn eine tiefe Müdigkeit. Der anstrengende Weg unter der Sandoberfläche und die Wanderung durch die Wüste forderten ihren Tribut. Und ehe die Kinder sich's versahen, waren sie in einen tiefen Schlaf gesunken.

Langsam kühlte die Luft ab und wurde immer kälter. Die Wassertropfen auf Ilkes und Alaks Körpern gefroren zu Eis.

Alak erwachte davon, dass ihn jemand rüttelte. Er drehte sich im Halbschlaf um und glaubte, Mijam vor sich stehen zu sehen. Träumte er?

»Mijam!«, rief Alak aus. »Was tust du denn hier?« Er blinzelte und fuhr auf. Alle waren da! Alle seine Freunde, die er aus dem Dorf der Aharams kannte.

Eramam kam mit ausgestreckten Armen auf ihn zugeeilt und umarmte ihn fest. »Was für eine Überraschung, dich hier zu treffen!«, polterte er. Dann trat er einen Schritt nach hinten, um den Elfenjungen genau anzuschauen.

»Ilke ist auch hier …«, begann Alak und drehte sich zu seiner im Sand schlafenden Schwester um.

»Lass sie nur schlafen!«, sagte Eramam und zwinkerte ihm zu. »Aber da du nun schon einmal wach bist – komm doch mit und wärm dich an unserem Lagerfeuer!«

Ilke hätte sicher gern zusammen mit den anderen um das Lagerfeuer herumgesessen, doch etwas in ihm sagte Alak, dass er sich nicht weiter um sie sorgen solle. Sie schlief doch so friedlich.

»Du hast recht«, sagte Alak. »Am besten, wir lassen sie in Ruhe weiterschlafen.«

Mijam nahm ihn zärtlich bei der Hand, und

merkwürdigerweise gefiel es Alak sogar. Die Aharams in Feststimmung, das Lagerfeuer mitten in der Wüste, der sternenklare Himmel – was konnte er sich mehr wünschen?

Im Gehen schaute er nach oben. Der Wüstenhimmel war heller als sonst, und kleine blaue Wolkenwesen kreisten über der Oase.

»Was ist das?«, fragte er Mijam leise.

Sie blieb stehen und blickte ebenfalls hoch zum Himmel. »Sterne«, sagte sie dann sanft und lächelte ihn an.

Alak fühlte, wie sein ganzer Körper warm wurde. Aber konnte sie nicht sehen, was er sah? Er sah noch einmal empor. Jetzt waren die Wolkenwesen verschwunden, und nur die klaren Sterne leuchteten am Nachthimmel.

»Komm!«, sagte Mijam und zog Alak vorsichtig am Arm.

Der Elfenjunge zögerte einen Augenblick. Plötzlich war ihm unbehaglich zumute. Irgendetwas stimmte hier nicht.

Als er dorthin zurückschaute, wo Ilke lag und schlief, konnte er sie plötzlich nicht mehr sehen.

»Wo ist Ilke abgeblieben?«, fragte Alak erschrocken.

»Sie ist sicher nur ein bisschen spazieren gegangen«, antwortete Mijam.

»Kommt!«, rief Eramam drüben vom Lagerfeuer. »Wir haben hier warmes Essen!«

Alak blickte Mijam in die Augen. »Erinnerst du dich an den Ring, den du mir gegeben hast?«, fragte er.

»Selbstverständlich«, sagte sie und lachte.

»Warum hast du ihn mir gegeben?«

Mijam wurde ärgerlich. »Das habe ich dir doch damals gesagt!«, entgegnete sie und zog Alak mit sich. »Aber komm jetzt! Die anderen warten schon auf uns!«

Die Aharam-Leute beobachteten sie, Alak konnte es genau sehen. Und auf einmal fühlte er sich beklommen – alles in ihm sperrte sich, zu seinen Freunden ans Feuer zu treten. Mijam lächelte das süßeste Lächeln, das er jemals gesehen hatte, aber etwas stimmte nicht mit ihren Augen: Es funkelte nicht in ihnen wie sonst.

»Ich kann Ilke nicht einfach allein lassen«, sagte Alak hektisch und zog Mijam wieder zurück.

Eilig hetzte er zurück zu ihrem Schlafplatz. Er atmete auf. Alles sah ganz normal aus: Ilke lag noch immer an derselben Stelle und schlief friedlich. Trotzdem beugte sich Alak zu ihr hinunter und schüttelte sie vorsichtig. Seine Schwester murmelte etwas Undeutliches, drehte sich auf die Seite und schlief weiter.

»Lass sie!«, bat Mijam. »Sie schläft so tief.«

Doch Alak schüttelte den Kopf. Ein unbestimmtes Gefühl sagte ihm, dass er sie nicht schlafen lassen sollte. Er schüttelte kräftiger. »Ilke, wach auf!«, flüsterte er. »Bitte!«

Seufzend schlug das Elfenmädchen die Augen auf.

Alak spürte eine enorme Erleichterung. Freudig drückte er sie kurz an sich und deutete dann auf Mijam. »Schau mal, wer hier ist!«, sagte er fröhlich.

Verwirrt setzte Ilke sich auf und blickte um sich. »Wer denn?«, fragte sie und rieb sich die Augen.

»Jetzt hör auf mit dem Quatsch«, sagte Alak gereizt. »Das ist Mijam, das siehst du doch!«

Mijam setzte sich in den Sand und lächelte Ilke an. »Hallo!«, sagte sie fröhlich. »Lange nicht gesehen.«

Ilke blinzelte, dann erstrahlte in ihrem Gesicht jedoch ein breites Lächeln. »Wie kommst du hierher?«, fragte sie neugierig. »Bist du etwa alleine hier?«

Alak war fassungslos. »Siehst du denn die Aharams drüben am Lagerfeuer nicht?«, fragte er und deutete hinter sich.

Ilke beugte sich konzentriert nach vorn und kniff die Augen zusammen, um besser sehen zu können. Langsam tauchte das Bild von den um das Lagerfeuer herumsitzenden Aharams vor ihren Augen auf.

»Kommst du mit zu meiner Familie?«, fragte Mijam und erhob sich. »Um etwas zu essen?«

Alak half Ilke aufzustehen, dann folgten sie Mijam. Ilke drückte Alaks Hand. »Danke, dass du mich geweckt hast. Ich habe noch nie so tief geschlafen«, sagte sie leise zu ihrem Bruder. »Du hast mich mitten aus einem seltsamen Traum geholt.«

»Wovon hast du denn geträumt?«

»Dass Scha-Ra und Arul uns gefunden und nach Ras-Malam mitgenommen haben. Und der ganze Himmel war von merkwürdigen Wölkchen bedeckt, die dauernd hin und her geflogen sind.«

»Hier über der Oase?«, fragte Alak erstaunt.

Ilke sah ihn verwundert an. »Es war doch nur ein Traum«, sagte sie.

»Du hast recht«, seufzte Alak. Beim Gehen plauderte er fröhlich mit Mijam und hoffte, dass die Mädchen ihm nicht ansahen, wie beunruhigt er war.

Ilke sah noch einmal zurück. Dort waren die Fußspuren, die sie im Sand hinterlassen hatten. Aber etwas daran war merkwürdig: Ilke konnte die Abdrücke von sich und Alak erkennen, aber nicht die von Mijam. »Stopp!«, rief sie erschrocken.

Mijam drehte sich zu Ilke um und lächelte. »Komm«, sagte sie mit samtweicher Stimme. »Die anderen warten auf uns!«

»Was ist?«, fragte Alak.

Jetzt erhob sich Eramam drüben am Lagerfeuer und stemmte die Hände in die Hüften. »Müssen wir euch holen kommen?«, rief er fröhlich.

Die Aharams lachten.

Alak und Mijam starrten Ilke verständnislos an.

»Wo sind deine Fußspuren?«, fragte das Elfenmädchen und sah Mijam misstrauisch an.

»Du bist müde«, antwortete Mijam und zeigte auf den Sand. »Da sind sie doch!«

Ilke starrte verwundert zu Boden. Eine Reihe kleiner Fußspuren folgte ihnen.

»Komm!«, sagte Alak peinlich berührt und zog Ilke. »Du siehst Gespenster.«

Doch Ilke rührte sich nicht von der Stelle. Etwas stimmte hier nicht, spürte sie, und ihr ganzer Körper weigerte sich weiterzugehen. »Azur!«, rief sie in die dunkle Nacht hinaus.

Jetzt wurden die Aharams unruhig, und Eramam kam ihnen entgegen.

»Es wird langsam peinlich!«, flüsterte Alak seiner Schwester zu. »Jetzt komm endlich!«

Mijam schüttelte den Kopf. »Was ist los mit deiner Schwester?«, fragte sie Alak und sah ein wenig ärgerlich aus.

»Azur!«, rief Ilke wieder – noch heftiger und verzweifelter als beim ersten Mal – und stieß Eramam grob beiseite, der mit ausgebreiteten Armen auf Alak zuging, um ihn zu umarmen. Eramam verlor das Gleichgewicht und fiel in den Sand.

Ernst und verwundert sah er Ilke an. »Was hast du nur?«, fragte er und streckte seine Arme nach ihr aus. »Komm!«, sagte er freundlich, »lass dich umarmen! Und dann nehmen wir euch nach Ras-Malam und zu Scha-Ra mit.«

Ilke traten die Tränen in die Augen: Das war genau das, was sie hatte hören wollen. Schluchzend warf sie sich Eramam in die Arme und ließ sich von ihm drücken. Das fühlte sich gut und sicher an. Doch woher wusste er, dass sie Scha-Ra und Arul verloren hatten und dass Scha-Ra in Ras-Malam auf sie wartete? Erschrocken hielt Ilke den Atem an. Sie fühlte, wie Eramam sie fester umarmte und dass ihr Rücken nass wurde. Was war los? Aus dem Augenwinkel sah sie, wie Azur in vollem Tempo über den Sand zu ihnen gerannt kam. Dann wurde ihr schwarz vor den Augen. Das Letzte, was sie mitbekam, war, dass Azur sich ihr entgegenwarf und sie zu Boden riss.

»Macht, dass ihr wegkommt!«, schrie der Meermann.

Alak packte Ilke und krabbelte mit ihr hinter Azur. Er verstand zwar nicht genau, was hier los war, aber die Aufregung seiner Schwester und Azurs machte ihn unsicher.

Eramam lag mit dem Rücken im Sand, und Mijam stand neben ihm. Sie schrie aus Leibeskräften. Die Aharams hatten sich von ihren Plätzen erhoben und schauten ängstlich zu ihnen hinüber.

»Was ist los?« Alak versuchte verzweifelt zu verstehen, warum sich Azur auf Eramam geworfen hatte.

»Ich weiß nicht«, sagte Ilke, die wieder zu sich gekommen war und sah, wie Eramam versuchte, Azur wegzuschieben.

Mijam packte den Meermann und versuchte, ihn auf die Erde zu werfen.

Nun brach ein gewaltiges Chaos aus: Sand wurde aufgewirbelt, fuchtelnde Arme und Beine wirbelten durch die Luft.

Alak und Ilke standen auf und liefen ein Stück weiter weg.

Als Azur sah, dass sie weggelaufen waren, verschwand er schnell unter dem Sand.

Eramam und Mijam sahen die Elfenzwillinge mit großen Augen an.

»Kommt!«, sagte Eramam schmeichelnd und streckte seine Arme aus.

Alak sah unsicher zu Ilke; doch sie stand einfach nur da und starrte zum Himmel hinauf.

Der Elfenjunge folgte ihrem Blick und erstarrte: Über ihnen flogen Tausende von kleinen Luftwesen hin und her. »Hast du diese Geschöpfe da im Traum gesehen?«, fragte Alak.

Ilke nickte.

Plötzlich tauchte Azur wieder hinter ihnen auf. »Wir müssen weg!«, rief er panisch und packte die Zwillinge bei den Armen. »Jetzt gleich!«

Aus dem Augenwinkel sah Alak, dass Mijam auf sie zugerannt kam. Er zögerte.

Doch der Meermann schüttelte entschieden den Kopf. »Jetzt! Sofort!«, sagte er streng und zog Alak mit sich.

Als Alak sich umdrehte, sah er, dass Mijam stehen geblieben war und sehnsüchtig die

Hand nach ihm ausstreckte. Plötzlich hatte er große Lust, ebenfalls stehen zu bleiben, zu ihr zurückzugehen, sie bei der Hand zu nehmen und sich mit ihr ans Lagerfeuer zu setzen. Doch Azur hielt sein Handgelenk fest umklammert und zog die Zwillinge entschlossen von der Oase weg. Dort, wo keine Bäume mehr wuchsen und der Sand begann, so weit entfernt von den Aharams, dass Alak sie nicht mehr ausmachen konnte, blieb er stehen.

Der Elfenjunge starrte konzentriert in die Richtung, aus der sie gekommen waren. Aber er sah nur dunkle Nacht. Es war, als hätte es die Aharams und das Lagerfeuer nie gegeben, als hätte er alles nur geträumt. Das Einzige, was sich in der Oase bewegte, war das Wasser, das sich schwach kräuselte.

Alak sah Azur an. »Was ist geschehen?«, fragte er erstaunt.

»Sieh nur!«, sagte der Meermann und zeigte auf die Oase.

Die drei hielten den Atem an, als sie sahen, wie ein langer Tentakel über den Sand glitt und im Wasser verschwand.

»Das ist der *verborgene Garten*«, sagte Azur. »Das hier muss Alam-Al-Mitz sein, der Garten der Erscheinungen und Vorstellungen. Ich dachte, es sei nur eine Sage, ein Märchen, von dem die Wüstenbewohner am Lagerfeuer erzählen, um einander Angst einzujagen.«

Er sah die Elfenkinder an, die immer noch mit großen Augen auf die Stelle im Wasser starrten, wo der Tentakel verschwunden war.

»Ich habe die Geschichten gehört, als ich Sklave der Wüstenbewohner war«, sagte Azur. »Weil ich aber einer vom Meeresvolk war, habe ich nicht an ihre Geschichten geglaubt.«

»Was meinst du damit? Was soll das sein, der Garten der Erscheinungen und Vorstellungen?«, fragte Alak.

»Die Nomaden, denen ich diente, erzählten von einem wunderbaren Garten, der die Wüstenwanderer mit saftigen Obstbäumen und reinem, frischem Wasser anlockt. Tagsüber, sagten sie, darf man das Wasser trinken und die Früchte auf den Bäumen essen, doch sobald die Nacht kommt, frisst die Oase ihre Gäste auf. Dann erwachen nämlich die Wujudze – das sind kleine fliegende Wesen, die aussehen, als wären sie aus Himmelswolken gemacht.«

»Ich habe sie gesehen«, sagte Ilke.

»Ich auch«, bestätigte Alak.

»Sie schleichen sich in die Gedanken und Fantasien derjenigen, die über Nacht in der Oase bleiben«, fuhr Azur fort.

»… und sie lassen die Fantasien der Leute Wirklichkeit werden«, sagte Alak.

Azur nickte. »So hat man sich das am Lagerfeuer erzählt.«

»Alles war so wirklich«, sagte Ilke erstaunt.

»Ich habe gleich gemerkt, dass da etwas nicht stimmte«, sagte Azur ernst. »Ihr habt euch plötzlich so merkwürdig benommen.«

Ilke legte ihren Arm um den Meermann, und sofort rieselte das blaue Wasser gluckernd in seine Haut.

Azur strahlte sie dankbar an.

»Ich hätte es durchschauen müssen«, flüsterte Alak traurig und erinnerte sich an die Stimme in seinem Kopf, die ihn gewarnt hatte. »Außerdem habe ich Scha-Ra versprochen, immer auf sie zu hören!« Er seufzte. Klar und deutlich hatte sie ihn gebeten zu verschwinden – aber er war zu sehr mit sich selbst beschäftigt gewesen. Genau wie Tarkan damals, nachdem er das Schwert von Weha bekommen hatte.

Alak biss sich auf die Lippen und setzte sich etwas abseits von den anderen in den Sand. Er wollte nicht, dass sie sahen, wie er weinte.

Die Drachenritter

Alak, Ilke und Azur schlugen wieder die Richtung ein, in der die Reiter verschwunden waren.

Auf einer Sanddüne schaute Ilke noch ein letztes Mal zurück und seufzte. Das Gefühl von Sicherheit, das sie alle in der Oase gehabt hatten, verstärkte Ilkes Sehnsucht nach Arul und Scha-Ra noch mehr.

Alak legte seinen Arm um sie.

Plötzlich hörten sie heftiges Flügelschlagen. Die Zwillinge sahen ängstlich in den Nachthimmel. Es war zu dunkel – sie konnten nicht erkennen, wer oder was diesen Lärm verursachte. Sie wussten nur, dass es dasselbe Geräusch war, das sie bei den Mekks gehört hatten.

»Drachen!«, flüsterte Ilke.

Alak nickte.

Das Geräusch zog über sie hinweg und wurde leiser, bis es schließlich ganz verebbte.

»Ich glaube, sie sind zur Oase geflogen«, sagte Ilke.

Alak und Azur hatten beide dasselbe gedacht und nickten.

»Wir müssen sie warnen!«, rief Ilke.

Azur sah verzweifelt zu Alak. »Eigentlich klang das gerade so, als ob sie selbst auf sich aufpassen könnten«, sagte er dann mit fester Stimme und sah Ilke trotzig an. Die Oase hatte ihm schon einen gehörigen Schrecken eingejagt. Das gewaltige Flügelschlagen über ihnen hatte ihm jedoch erst richtig Angst gemacht.

»Bist du zu feige?«, flüsterte Ilke ihm mit zusammengebissenen Zähnen zu.

Azur funkelte sie böse an. »Was bildest du dir ein?«, fauchte er. »Habe ich euch nicht gerettet? In der Oase? Und vor den Terraqus?«

»Warum willst du dann nicht zurückgehen, um sie zu warnen?«, fragte Ilke schroff zurück.

»Weil wir nicht wissen, wer sie sind. Hast du gesehen, dass es Drachenritter sind? Es können genauso gut auch noch gefährlichere Geschöpfe sein als die, die versucht haben, uns in der Oase zu töten«, sagte Azur und sah Ilke an, als wäre sie ein dummes kleines Mädchen.

Jetzt mischte sich Alak ein, um einen Streit zwischen den beiden zu vermeiden. »Sie können uns nach Ras-Malam und zu Scha-Ra führen«, sagte er bestimmt.

Azur sah ihn skeptisch an.

»Scha-Ra ist selbst Drachenritter gewesen«,

fuhr Alak fort. »Das hat er uns damals erzählt, als wir nach Emblaz gesegelt sind.«

Ilke nickte, doch Azur schien immer noch skeptisch.

»Vertrau uns«, sagte Alak. »Es sind friedliche Geschöpfe.« Doch Azur blieb skeptisch.

Alak seufzte. »Gut, dann soll das Los entscheiden«, sagte er und zog ein Holzstäbchen aus seiner Jackentasche. Er brach es unterhalb der Mitte entzwei, sodass ein Stückchen kürzer war als das andere. Dann steckte er sich die Stäbchenstücke so in die Faust, dass die Enden, die zwischen seinem Daumen und Zeigefinger herausschauten, gleich lang aussahen.

»Wer das längere Stück zieht, darf entscheiden, was wir machen«, sagte er und hielt Azur die Faust hin.

Azur zog das längere Stück.

Ilke seufzte. »Na gut«, sagte sie dann und sah den Meermann stirnrunzelnd an. »Wenn du nicht mitkommen willst, gehen wir eben alleine.«

Azur fühlte sich an seiner Ehre gepackt. »Ich komme ja mit«, murmelte er ärgerlich. »Irgendjemand muss ja auf euch aufpassen.«

Alak und Ilke lächelten einander an und gingen voraus in Richtung Oase.

Das letzte Stück bis zu einer Sanddüne robbten sie auf dem Bauch.

Alak hob vorsichtig den Kopf und warf einen Blick zur Oase hinunter. »Drachen!«, bestätigte er den beiden anderen und zeigte ihnen mit den Fingern, wie viele es waren. Fünf.

Ilke und Azur warfen ebenfalls einen kurzen Blick über den Rand und schnappten aufgeregt nach Luft, als sie die gewaltigen Tiere sahen, die mit ausgebreiteten goldenen Flügeln auf dem Gras lagen.

»Was für unglaublich schöne Tiere!«, flüsterte Ilke begeistert.

Alak nickte.

»Und was sollen wir jetzt genau machen?«, fragte Azur. Er sah ein wenig bleich aus.

»Können wir nicht einfach zu ihnen runtergehen?«, fragte Ilke.

»Bist du verrückt?«, rief der Meermann erschrocken. »Hast du nicht die riesigen … das … das Maul … gesehen?«

Ilke rollte mit den Augen. »Jetzt stell dich nicht so an!«, sagte sie. »Wir haben ihnen zugewinkt, als wir in Emblaz eingesegelt sind. Sie sind freundliche Wesen und überhaupt nicht gefährlich.«

»Hast du dort unten Ritter gesehen?«, fragte Azur scharf.

Ilke antwortete nicht. Eben hatte sie keine gesehen; andererseits war sie sich aber ganz sicher, dass vorhin jemand auf den Drachen geflogen war.

Alak blickte zum Himmel empor. Eben war der Mond hinter einer dunklen Wolke hervorgekommen. Er hoffte inständig, dass die Stimme endlich zurückkommen und mit ihm reden würde.

»Lass nicht zu, dass die Furcht dich davon abhält, auf die Stimme in dir zu hören«, hatte Scha-Ra gesagt. Alak war überzeugt davon, dass die Stimme gewünscht hätte, dass er jetzt Mut zeigte.

Doch noch bevor er den Gedanken zu Ende gedacht hatte, erhob sich Ilke und bezog Position auf der Spitze der Sanddüne. Man konnte sie von überallher sehen.

Alak hielt den Atem an. Was hatte sie vor?

Er sollte es gleich merken: Ilke begann, langsam und mit festem Schritt zur Oase hinunterzulaufen.

Die Drachen hatten ihre Schwingen schützend über ihre Köpfe gebreitet. Die gold- und rotfarbenen Schuppen, die ihre Körper bedeckten, glänzten im Mondlicht.

»Was macht sie?«, flüsterte Azur unruhig.

»Sie macht das, was eigentlich ich hätte tun

sollen«, antwortete Alak beschämt und rollte sich auf den Bauch, um besser sehen zu können, wie die Drachen reagierten.

Der Drache, der Ilke am nächsten lag, begann sich langsam zu bewegen. Das Elfenmädchen hielt den Atem an und starrte auf die Ader an seinem kräftigen Hals, die sich im Takt mit dem Herzschlag bewegte. Der Drache winkelte die Schwingen langsam an seinen Körper an und hob leicht den Kopf. Als er Ilke erblickte, blähten sich seine Nasenlöcher, und er gab ein fürchterliches Kreischen von sich, das Ilke vor Schreck zusammenfahren ließ. Jetzt schienen sie auch die anderen Drachen entdeckt zu haben.

Der größte Drache, der sie zuerst gesehen hatte, breitete seine Schwingen aus und erhob sich auf die Hinterbeine.

Ilke trat unwillkürlich einen Schritt zurück.

»Bleib ruhig stehen. Zeig nicht, dass du Angst hast!«, hörte sie plötzlich Alak hinter sich sagen. Sie zuckte zusammen, als er an ihre Seite trat.

»Jetzt wäre es gut, wenn Julsah hier wäre«, flüsterte er.

Ilke lächelte und erinnerte sich daran, wie verärgert Julsah gewesen war, als sie die Drachen davonfliegen sahen, ohne dass er sie vorher hatte berühren können. Dann nahm sie allen ihren Mut zusammen und trat einen Schritt nach vorn. Es gelang ihr beinahe, ihr Zittern zu verbergen.

Der Drache senkte den Kopf und spie schwarzen, dicken Rauch. Dann kam er langsam auf Ilke zu. Der Schwefelgeruch und die Wärme, die er ausstrahlte, wurden immer intensiver, je näher er kam.

Ilke schloss die Augen. Sie spürte, wie sich ihr alle Haare auf dem Körper aufstellten und jeder Nerv unter der Haut vibrierte. Sie drehte sich um und sah Azur, der über die Sanddüne schielte.

»Los! Lasst uns abhauen!«, winselte der Meermann entsetzt.

Wütend machte Ilke ihm ein Zeichen, dass er still sein solle. »Ich habe doch genauso viel Angst wie du«, zischte sie.

Der Himmelsstürmer

Alak blinzelte und griff nach Ilkes Hand, um sie näher an sich zu ziehen. Der Drache war mittlerweile so nahe, dass sie beinahe die Schuppen auf seinem Körper zählen konnten, die sich im Takt mit seinem Atem bewegten.

Vor den Kindern blieb das Tier stehen, peitschte mit dem Schwanz den Sand und schaute sie regungslos an. Dann hob der Drache den Kopf und schrie erneut. Die anderen Drachen fielen in sein Geschrei ein.

Alak und Ilke erstarrten vor Schreck.

»Azram benital!«, hörten sie plötzlich eine harte Männerstimme aus der Oase rufen.

Der Drache drehte seinen Kopf und legte die Ohren an.

Die Zwillinge starrten konzentriert in die Richtung, aus der die Stimme gekommen war, und versuchten zu erkennen, wer da gerufen hatte.

Sie mussten jedoch nicht lange warten, denn schon kam ein kräftiger Mann auf den Drachen zugelaufen. Er trug einen schwarzen Umhang, der im Wind flatterte, und darunter einen mit Gold bestickten dunkelroten Mantel. Als er das aufgeregte Tier erreicht hatte, zog der Mann schnell seine schwarzen Handschuhe aus und legte eine Hand auf den Hals des Drachen, während er beruhigend auf das Tier einsprach.

Sofort legte sich der Drache in den Sand nieder und atmete ruhiger.

Nun drehte sich der Mann zu den Kindern um. Er runzelte die Augenbrauen, und sein sonnengebräuntes Gesicht sah ungehalten aus. »Seid ihr verrückt?«, fuhr er die Zwillinge an. »Wisst ihr nicht, dass ihr euch diesen Tieren nicht nähern sollt?«

Alak war zu überrascht, dass ein Unbekannter ihn so anging, als dass ihm eine passende Antwort eingefallen wäre.

»Seid ihr euch darüber im Klaren, was die Drachen mit euch hätten anstellen können?«, fuhr der Mann fort, ohne sich darum zu kümmern, dass die Kinder sich unbehaglich wanden und am liebsten weggerannt wären.

»Ich habe versucht, es ihnen zu sagen«, sagte Azur und blinzelte mutig hinter der Sanddüne hervor.

Der Drachenkrieger zuckte vor Schreck zusammen und starrte Azur an. »Gibt es hier noch mehr von euch?«, fragte er überrascht.

Ilke schüttelte vorsichtig den Kopf und

hoffte, dass er nicht wieder von vorne anfinge zu schimpfen. Aus den Augenwinkeln sah sie, wie zwei weitere Drachenritter herbeigeeilt kamen und sich zu dem wütenden Mann stellten.

»Du darfst nicht so hart zu ihnen sein«, flüsterte der eine Neuankömmling und legte seinem aufgeregten Freund beschwichtigend die Hand auf die Schulter. »Es sind doch nur Kinder.« Dann wandte er sich an die Zwillinge und blickte sie ernst an. »So etwas Unvorsichtiges dürft ihr nie wieder tun«, sagte er eindringlich, aber nicht unfreundlich. »Niemals! Hört ihr?«

»Kommt!«, rief Azur Alak und Ilke zu und winkte ihnen heftig. »Ich habe ja gleich gesagt, dass es besser ist, sich um seinen eigenen Kram zu kümmern. Ich glaube, die Drachenritter kommen ganz gut allein klar.«

Nun meldete sich der Drachenritter zu Wort, der die Zwillinge so ärgerlich beschimpft hatte. »Tut mir leid!«, sagte er leise. »Aber ich hatte solche Angst um euch. Die Drachen sind leicht zu erschrecken. Und als ihr euch Amelum genähert habt, dem roten Drachen, sah ich euch schon tot am Boden liegen.« Er atmete erleichtert aus. »Zum Glück ist alles noch einmal gut gegangen. Aber vielleicht wäre es jetzt endlich an der Zeit, dass wir uns vorstellen, oder?«, sagte er. »Ich bin Climacüss, der Himmelsstürmer.«

Er trat einen Schritt zur Seite und ließ seine Kameraden vortreten.

Derjenige Drachenritter, der Climacüss beruhigt hatte, streckte seine Hand aus und lächelte breit: »Ich heiße Murbidu. Wisst ihr, unser Hauptmann hat nicht so viel Erfahrung mit Kindern.«

»Wir sind schon lange keine Kinder mehr«, sagte Ilke und streckte sich, um größer zu scheinen.

»Oh, Entschuldigung«, lächelte Murbidu und zwinkerte Climacüss zu.

»Ich bin Tetru«, sagte der dritte Drachenritter, ein großer Mann mit einem langen, dunkelhaarigen Pferdeschwanz, und reichte den Zwillingen die Hand.

»Warum seid ihr nur drei Drachenritter, wenn ihr fünf Drachen habt?«, fragte Ilke.

Die Drachenritter schauten sich kurz an, und Climacüss bekam eine Sorgenfalte auf der Stirn.

»Wir haben die anderen gestern in einem Sandsturm verloren«, sagte Murbidu leise.

»Möchtet ihr mit uns essen?«, fragte Climacüss, um von etwas anderem zu sprechen.

Alak, Ilke und Azur sahen sich an.

»Ich glaube, das Beste ist …«, begann Azur vorsichtig.

»Unsinn«, sagte der Hauptmann und schob ihn mit starker Hand vor sich her.

Der Drache folgte ihnen mit den Augen.

»Zuerst müssen wir euch aber noch etwas sagen«, rief Ilke aufgeregt und lief an Climacüss' und Azurs Seite.

»Das könnt ihr auch noch nach dem Essen tun«, sagte der Hauptmann und ging weiter in Richtung Oase.

»Wir sollten auf keinen Fall dort runtergehen«, mischte sich jetzt auch Alak ein. »Deshalb sind wir hergekommen. Wir wollten euch warnen …«

»Jungs, schaut mal, wer da ist!«, rief der Hauptmann plötzlich und schien Alaks Bedenken gar nicht mehr zu hören. Er ließ Azur los und rannte zur Oase.

Murbidu und Tetru liefen lachend hinterher.

»Nein!«, schrie Alak. »Bitte bleibt hier! Davor wollten wir euch doch warnen!«

Doch die Drachenritter hörten ihn schon nicht mehr.

Der Drachenschmuck

In der Oase standen die beiden vermissten Drachenritter und winkten ihnen zu.

Murbidu und Tetru umarmten sie herzlich, und der Hauptmann begrüßte sie mit einem lauten und polternden Lachen.

Alak, Ilke und Azur sahen einander sorgenvoll an. Über ihren Köpfen flogen kleine, wolkig aussehende Wesen in wildem Tempo hin und her. Zum ersten Mal bemerkte Alak, dass sie hämisch zu ihnen heruntergrinsten.

Die Elfenkinder und Azur betrachteten die drei Drachenritter, die freudig ins Leere griffen und mit der Luft sprachen.

»Schaut mal!«, flüsterte Ilke und zeigte auf das Wasser.

Alak und Azur hielten den Atem an: Kleine Luftblasen stiegen auf und zerplatzten auf der Wasseroberfläche.

»Wir müssen etwas tun!«, rief Ilke aufgeregt.

Azur rannte bereits die Sanddüne zu Climacüss hinunter und zog ihn am Arm. Der Hauptmann drehte sich um und lächelte.

»Das sind die zwei, die wir im Sandsturm

verloren geglaubt hatten!«, rief er freudig. »Sag ihnen Guten Tag, Azur!«

Da hielt Ilke es nicht länger aus. Sie rannte ebenfalls zu Climacüss und hängte sich an den Arm des Drachenritters. »Bitte hör mir zu!«, flehte sie. »Diese Oase ist ein gefährlicher Ort. Wir müssen sofort weg von hier.«

Hinter ihnen durchbrachen bereits zwei schwarze Tentakel die Wasseroberfläche und schlängelten sich an Land – direkt auf die Ritter und Ilke zu.

»Aber wir müssen erst etwas essen!«, wandte Climacüss ein. »Unsere Freunde müssen sich erst stärken. Sie haben bestimmt Hunger!«

Tetru und Murbidu sahen einander an und nickten. Sie hatten alle Hunger.

»Geht nicht mit ihnen mit!«, schrie Ilke. »Schaut doch nur, in welcher Gefahr wir sind!«

Alak, der atemlos angerannt kam, hängte sich mit seinem ganzen Gewicht an Climacüss' anderen Arm. »Wir müssen jetzt sofort weg! Weg von der Oase«, sagte er laut und bestimmt.

»Wovon redet ihr?«, fragte der Hauptmann barsch und schüttelte die Zwillinge ärgerlich ab.

Alak gab jedoch nicht auf. »Die Oase spiegelt euch Fantasiebilder vor, um euch hinunter zum Wasser zu locken«, sagte er schnell.

Ilke nickte und deutete zum See. »Seht ihr das Ungeheuer denn nicht?«, fragte sie mit großen Augen und ging einen Schritt auf Climacüss zu.

»Wovon redet ihr?« Tetru verstand überhaupt nichts.

»Das Ungeheuer im Wasser!«, brüllte Ilke und drehte sich um, um wegzulaufen, doch Tetru hielt sie fest.

»Ich finde, das wird jetzt alles ein wenig merkwürdig«, sagte Tetru zum Hauptmann.

Climacüss war einer Meinung mit ihm und wandte sich an Alak und Azur. »Hört endlich auf, uns Angst einzujagen!«, gebot er mit tiefer Stimme.

»Hauptmann, vergessen Sie nicht, dass sie noch Kinder sind!«, sagte Murbidu und griff nach Climacüss' Arm.

Der Hauptmann entwand sich seinem Griff und donnerte: »Jetzt habe ich aber genug von dem Geschwätz von den Kindern! Was machen sie dann mutterseelenallein mitten in der Wüste, wenn sie noch Kinder sind? Und warum versuchen sie, uns Angst einzujagen?«

»Hauptmann!«, unterbrach ihn Tetru.

Alle folgten seinem Blick und sahen dann

mehrere Schatten, die sich mit ruhigen Bewegungen über den Hügelkamm wanden und direkt auf sie zusteuerten. Sie fauchten drohend, und ihre messerspitzen Zähne blitzten.

»Was ist das?«, flüsterte Alak.

»Das sind die Wujudze, die aus eurer Fantasie Bilder erschaffen«, erklärte Azur.

»Aus meiner Fantasie? Ich habe noch nie solche Geschöpfe gesehen!«, sagte Ilke.

»Wir sehen gerade die Fantasievorstellungen der Drachenritter«, raunte Azur dem Elfenjungen zu.

Alak dachte intensiv an etwas ganz anderes, und sofort verschwanden die Wesen. Sie waren wirklich nichts weiter als Fantasiebilder.

Tetru wandte sich an Climacüss. »Das sind Nurqus, die gleichen Geschöpfe, die Parados' Auge von Panthelum, unserer Drachenmutter, gestohlen haben«, erklärte er.

Ilke schaute zu Alak. Sie erinnerte sich daran, dass er Parados' Auge erwähnt hatte, als sie die Pantolyphen unter dem Sand sahen. Alak fing ihren Blick auf, er verstand, was sie dachte.

Climacüss wirkte verwirrt. Plötzlich zuckte er zusammen und sah die Elfenkinder erschrocken an. »Ihr gehört zu den Nurqus«, flüsterte er und wurde bleich.

Alak schüttelte heftig den Kopf. »Nein!«, rief er eindringlich. »Ihr müsst uns glauben. Was ihr seht, sind Fantasiebilder.«

»Hör auf!«, fuhr Tetru den Jungen an.

Alak ließ sich jedoch nicht beirren. »Warum sollten wir lügen, Hauptmann?«, fragte er Climacüss und sah dem Drachenritter in die Augen.

Der Hauptmann wiegte den Kopf. »Meinst du, wir sollen dir glauben, wenn du sagst, dass unsere Kameraden Ungeheuer und diese Geschöpfe Fantasiegebilde sind?«

Alak nickte und griff zu seinem letzten Mittel. Vielleicht gab es ja etwas, was die Ritter doch noch überzeugen könnte. »Ilke, zeig ihnen den Schmuck, den du von Scha-Ra bekommen hast!«, bat er seine Schwester.

Die Drachenritter sahen einander verwirrt an.

Ilke schien zuerst über die Bitte Alaks verwundert, steckte dann aber die Hand in ihre Jacke.

»Sie versuchen uns zu betrügen!«, schrie Tetru aufgeregt und stieß Ilke in den Sand.

»Halt!«, befahl Climacüss. »Lass das Mädchen in Ruhe, Tetru!« Und an Ilke gewandt sagte er: »Ich möchte diesen Schmuck gern sehen.«

Ilke stand auf und zog das Medaillon hervor. Es funkelte im matten Licht des Mondes.

Der Hauptmann betrachtete es angestrengt, dann drehte er sich zu dem einen Drachen um.

»Julap hen, trem ihadra«, sagte er.

Der Drache schrie aufgeregt und spie eine Feuerkugel, die direkt vor Ilkes Füßen in einem Funkenregen explodierte.

Ilke wurde von dem Druck nach hinten geworfen und fiel hintüber in den Sand.

»Was macht ihr da?«, schrie Alak.

»Wenn sie einen unechten Drachenschmuck getragen hätte, wäre sie jetzt tot«, antwortete Climacüss ruhig und ging zu Ilke, um ihr aufzuhelfen.

Verdattert rappelte sie sich auf und betrachtete den Schmuck. Er strahlte wie tausend Sterne, und die Flammen hatten ein zierliches Muster sichtbar gemacht.

Climacüss ging vor ihr auf die Knie und verbeugte sich tief vor Ilke. »Du bist die Auserwählte, die Trägerin von Scha-Ras Drachen-Worsch«, sagte er ehrfürchtig.

Tetru und Murbidu verneigten sich ebenfalls.

Ilke verstand nicht so recht, was die Drachenritter von ihr wollten – wusste aber, was sie wollte: »Wir müssen weg von hier«, beharrte sie.

Climacüss erhob sich abrupt und hielt Ilke seine Hand hin. »Wenn du das sagst, ist es sicher richtig«, sagte er ehrerbietig.

Die beiden von den Wujudzen geschaffenen Drachenritter ergriffen ängstlich seinen Arm.

»Wir haben dort am Wasser ein Lagerfeuer gemacht, und wir haben etwas zu essen und Wein«, rief der eine.

»Kommt doch endlich!«, quengelte der andere. »Ihr habt doch auch Hunger!«

»Schluss jetzt mit dem Geschwafel vom Essen!«, brüllte der Hauptmann ungehalten und stieß die beiden weg. Dann wandte er sich an Tetru und Murbidu. »Wir fliegen ab«, sagte er kurz angebunden.

»Aber die Nurqus«, gab Tetru zu bedenken und zeigte auf die Geschöpfe, die dort standen und auf sie warteten.

»Die Kinder hat Scha-Ra zu uns geschickt«, sagte der Hauptmann nur und gab den Drachen das Zeichen, die Oase zu verlassen.

»Kommt doch zu uns! Bitte!«, flehten die beiden falschen Drachenritter.

»Haltet euch fern von ihnen!«, donnerte Climacüss seine Freunde an, als Tetru zögerte.

Und zur Bekräftigung zog er sein Schwert und schwang es über den Kopf, um die falschen Ritter auf Distanz zu halten. Die Klinge schnitt durch die Luft und mitten hinein in die dichte Wolke von Wujudzen, die über ihnen schwebte.

Sie schrien, als einer von ihnen verletzt zu Boden fiel.

Murbidu blickte erschrocken nach oben. »Was in aller Welt ist das?«, rief er.

Climacüss zuckte mit den Schultern, hob jedoch sofort wieder sein Schwert, und die seltsamen Geschöpfe über ihren Köpfen wichen kreischend zurück.

»Kommt!«, schrien die falschen Drachenritter und griffen nach dem Hauptmann.

Climacüss schubste sie mit der Schneide des Schwertes weg, und einer von ihnen fiel getroffen zu Boden.

»Hauptmann, Sie haben einen von uns verletzt!«, rief Tetru anklagend.

»Er ist keiner von uns!«, sagte Climacüss scharf. »Und wenn wir nicht sofort von hier verschwinden, wird am Ende womöglich keiner von uns übrig bleiben.«

Mit diesen Worten ging er langsam rückwärts in Richtung Wüste. Alak, Ilke und Azur erwarteten ihn bereits am Rand der Oase.

»Kommt ihr?«, fragte der Hauptmann seine Männer, als er die Zwillinge und den Meermann erreicht hatte.

Tetru und Murbidu sahen einander ratlos an.

»Ich komme«, rief Murbidu schließlich und rannte auf den Hauptmann zu.

Tetru schüttelte den Kopf. »Ihr dürft nicht glauben, was die Kinder sagen!«, schrie er seinem Hauptmann und seinem Freund nach. »Auch wenn das Mädchen Scha-Ras Worsch trägt! Die Nurqus werden euch töten!«

Er fiel auf die Knie und nahm den verwundeten Drachenritter in seine Arme. Tränen liefen ihm über die Wangen.

Climacüss wurde ungeduldig. »Komm jetzt endlich! Das ist ein Befehl!«, donnerte er.

»Er stirbt gleich!«, schrie Tetru und machte keine Anstalten, der Anweisung seines Hauptmanns Folge zu leisten.

Climacüss sah die anderen unsicher an. Dann deutete er auf Tetru. »Ich versuche, ihn zu retten«, sagte er leise zu Murbidu und ging auf seinen weinenden Kameraden in der Oase zu.

Tetru erschrak, als sein Hauptmann mit energischen Schritten auf ihn zukam. Doch viel Zeit blieb ihm nicht – Climacüss packte seinen Kameraden energisch und zog ihn mit sich.

»Du Mörder!«, schrie Tetru außer sich und wehrte sich nach Leibeskräften. Schließlich gelang es ihm, sich dem Griff seines Hauptmanns zu entwinden. Erleichtert wollte er zur Oase zurücklaufen, als er plötzlich die Wüste so sah, wie sie ohne das Zutun der Wujudze eigentlich war: Die Nurqus waren verschwunden, und dort, wo der sterbende Drachenritter gelegen hatte, lag nun ein abgetrennter Tentakel. Am Rande des Wassers schwankte eine dunkle Gestalt. Sie stieß einen langen, klagenden Laut aus, bevor sie wieder im Wasser verschwand.

Tetru ließ sich in den Sand fallen und schluchzte laut.

»Wir sollten jetzt wirklich gehen«, sagte Climacüss sanft und legte seinem Kameraden die Hand auf die Schulter.

»Was ist das Auge des Parados?«, fragte Ilke, als alle wieder beisammen waren und der erste Schreck verdaut war.

Climacüss sah sie mit ernstem Blick an, bevor er erklärte: »Das Auge des Parados ist ein Edelstein, den König Weha vor langer Zeit Panthelum anvertraut hat, der Mutter aller Drachen und Drachenritter. Der Stein besitzt gewaltige Kräfte – kein Sterblicher kann ihn berühren, ohne dabei sein Leben zu verlieren. Wenn das

Auge des Parados in die falschen Hände gerät, kann er alles Leben um sich herum vernichten.« Climacüss hielt einen Moment inne und blickte sorgenvoll zu Boden. »Und nun ist er gestohlen worden«, flüsterte er.

»Deshalb sollten wir also mitkommen nach Ras-Malam«, sagte Alak. »Scha-Ra möchte mit dem Fürsten der Drughs reden. Dieser Fürst ernennt die Drachenritter.«

»Woher weißt du all das?«, fragte Ilke überrascht.

»Das hat Scha-Ra mir erzählt«, antwortete Alak.

»Was hatten dann aber die Pantolyphen zu bedeuten?«, fragte sie.

»Der Stein soll die Macht haben, Türen zu anderen Welten zu öffnen«, erklärte Alak.

Ilke sah Climacüss skeptisch an, dieser nickte jedoch.

»Dein Bruder hat recht«, sagte der Hauptmann. »Lasst uns jetzt aber endlich aufbrechen. Wir sind den Dieben vom Auge des Parados fast auf der Spur. Es ist nicht mehr weit. Wollt ihr mit uns fliegen?«

»Was ist mit den anderen beiden Drachen?«, fragte der Elfenjunge. »Können wir nicht auf denen reiten?«

»Du weißt nicht, wovon du sprichst, mein

Junge!«, sagte Climacüss streng. »Wenn du dich ihnen auch nur näherst, ohne dass wir dabei sind, dann kann dich das dein Leben kosten.«

»Ich dachte, es wären Geschöpfe mit einem eigenen Willen«, sagte Alak vorsichtig.

»Das stimmt«, sagte Climacüss. »Aber eine Sache musst du über Drachen wissen: Sie vertrauen niemandem! Der einzige Grund, warum sie uns auf ihnen reiten lassen, ist, dass sie uns seit dem Tag kennen, an dem sie aus ihren Eiern geschlüpft sind. Ein Drache folgt seinem Drachenritter ein Leben lang. Wenn der Ritter stirbt, lässt er sich auf keinen neuen Herrn ein.«

Alak dachte scharf nach. Dann lächelte er. »Sprichst du eine besondere Sprache mit ihnen?«

Climacüss nickte. »Wir sprechen Dragosch, das ist eine vereinfachte Drachensprache. Die Drachen unter sich benutzen eine weit kompliziertere Sprache. Sie hört sich fast so an wie ein großer Vogel, der mit einem Wolfsmund spricht.«

Alak ging zu dem einen Drachen und beugte sich ehrerbietig zu ihm hinunter. Als er die Augen schloss, hörte er die Drachen miteinander reden, und mit jedem Wort, das der Elfenjunge hörte, wuchs die Sprache langsam in ihm, bis er schließlich verstand, was sie sagten. Nun war der Augenblick gekommen, dass er es selbst versuchte. Langsam öffnete Alak den Mund – und sprach mit den Drachen in ihrer eigenen Sprache.

Die Tiere sahen verwirrt aus, und aus ihren Nasenlöchern kam stoßweise Rauch, so als ob es ihnen wehtat zu atmen.

»Was macht er da?«, fragte Murbidu.

»Er spricht die Drachensprache«, antwortete Climacüss erstaunt und schüttelte den Kopf. »Ich habe noch nie jemand anderen als die Drachen selbst sie sprechen hören.«

Jetzt senkte der Drache, an den Alak sich gewandt hatte, seinen Kopf und legte ihn auf den Boden. Er schloss die Augen und gab einige seltsame Laute von sich, die klangen wie das Schnurren einer Katze.

Alak drehte sich zu den anderen um. »Ich möchte diesen Drachen reiten«, sagte er.

Climacüss zuckte mit den Schultern. »Du hast ihn überredet, dann überlasse ich dir die Verantwortung für ihn. Aber, sag mal, Junge, wo hast du die Sprache der Drachen gelernt?«

»Ich habe sie von den Luftpropheten als besondere Gabe geschenkt bekommen«, antwortete Alak.

Climacüss, Tetru und Murbidu schauten sich kurz an.

»Er ist bei den Luftpropheten in die Lehre gegangen«, flüsterte Murbidu beeindruckt.

»Aber er ist doch nur ein kleiner Junge«, flüsterte Tetru zurück.

Alak lächelte und kletterte auf den Rücken des Drachen.

»Du weißt ja gar nicht, wie du ihn lenken sollst!«, sagte Ilke schmollend. Sie war ein wenig beleidigt, weil sie fürchtete, dass ihr der ganze Spaß entging, wenn sie bei Climacüss mitreiten musste und Alak einen eigenen Drachen bekam.

»Ich lerne das mit dem Lenken einfach unterwegs«, sagte Alak stolz und richtete sich auf.

»Dann können wir ja«, sagte Climacüss.

Ilke saß hinter ihm auf.

Der Hauptmann der Drachenritter hielt einen ovalen goldenen Gegenstand vor sich, der wie ein Kompass aussah. Als er vorsichtig darüberstrich, begann ein blaues Licht in dessen Mitte zu leuchten, das immer heller und schließlich zu einem Lichtpfeil wurde, der ihnen weit in die Wüste hinaus leuchtete.

»Nach Südosten, in Richtung San-Alabar«, sagte er.

Gefangen

Der Regen über der Hada-Wüste

Alak klammerte sich aufgeregt an den Drachen, als dieser Schwung holte und sich dann in die Lüfte hob. Das Geräusch der schlagenden Flügel hallte ihm wie Donnerschläge in den Ohren. Murbidu kam an Alaks Seite geflogen und winkte ihm fröhlich. Azur saß hinter ihm und kniff die Augen zusammen. Alak lächelte ihnen tapfer zu und versuchte dabei krampfhaft, nicht von seinem Drachen zu fallen. Der Wind peitschte ihm ins Gesicht. Vor ihm flog Ilke zusammen mit Climacüss.

Plötzlich setzte Alaks Drache zu einem Sturzflug an. Alak stockte der Atem, als sie in rasendem Tempo unter Ilke und Climacüss vorbeirauschten, doch als er merkte, dass der Drache darauf achtete, dass er immer sicher saß, begann er den Höhenrausch und den frischen Wind, der ihm ins Gesicht blies, sogar zu genießen. Als sie wieder zu Climacüss und Ilke aufschlossen, johlte er begeistert und winkte den beiden zu.

Ilke hielt sich so gut wie nur möglich an Climacüss fest und traute ihren Augen kaum, als sie ihren Zwillingsbruder so sorglos vor sich reiten sah.

»Möchtest du deinem Bruder nicht zuwinken«, fragte der Hauptmann und drehte sich zu Ilke um.

Ilke schüttelte nur den Kopf und fühlte, wie ihr langsam schlecht wurde.

»Er ist der geborene Drachenritter«, rief Climacüss ihr über die Schulter zu, als Alak mit seinem Drachen zu einem neuen Sturzflug ansetzte.

Plötzlich zerfetzte ein kräftiger Blitz den Himmel, und genau über ihnen explodierten krachend zwei dunkle Wolken. Alle erschraken, und der Hauptmann gab sofort das Zeichen, dass sie schnellstmöglich landen sollten.

Im Sturzflug hetzten die Drachen zu Boden. Kaum waren sie gelandet, begann es stark zu regnen.

»Das ist kein gewöhnlicher Regen!«, rief der Hauptmann beunruhigt. »Los, treibt die Drachen zusammen, damit wir unter ihren Flügeln Schutz suchen können!«

Tetru und Murbidu nickten und hielten sich ihre Umhänge über den Kopf.

Alak erschrak kurz, hatte jedoch keine Zeit, näher nachzufragen, denn über ihnen ertönte ein markerschütternder Schrei.

Die drei Drachenritter sahen sich an. Der Ton wurde lauter und intensiver.

»Nurqus!«, sagte Tetru.

»Dieses Mal sind es aber wohl kaum Fantasiegebilde, die uns angreifen«, gab Murbidu zu bedenken. »Das Auge des Parados muss hier ganz in der Nähe versteckt sein!«

Climacüss nickte ernst und machte sich zum Abmarsch bereit. »Ihr bleibt hier«, befahl er den Kindern. »Wir sind nicht lange weg, und wir lassen euch einen Drachen hier, damit er auf euch aufpasst.« Dann holte er den Kompass, den er in seinem Jackenfutter verborgen hatte, hervor und reichte ihn Alak.

»Nimm das hier!«, sagte er eindringlich zu dem Elfenjungen und sah ihn ernst an. »Wenn etwas passiert, dann liest er deine Gedanken und zeigt dir die Richtung, in die du gehen sollst. Das ist übrigens kein richtiger Kompass, sondern ein Teikhoskop.«

»Danke«, sagte Alak überrascht und nahm den seltsamen Gegenstand ehrfürchtig entgegen.

Climacüss lächelte ihn an. »Vergiss nicht, dass es nur geborgt ist. Wenn ich zurückkomme, möchte ich das Teikhoskop wiederhaben.«

Er nickte den Zwillingen zu und bestieg dann seinen Drachenrücken. Die anderen waren bereits aufgesessen und zum Abflug bereit. Mit einem Rauschen schwangen sie sich in den regengrauen Himmel und verschwanden über den Wolken.

Als sie außer Sichtweite waren, betrachtete Alak das merkwürdige Instrument, das in seiner Handfläche glänzte. Was hatte Climacüss gemeint? Dass das Instrument seine Gedanken lesen konnte? Er dachte einen Moment an Scha-Ra und Arul, und schon leuchtete das Teikhoskop auf. Der Elfenjunge zuckte zusammen und steckte das Instrument mit klopfendem Herzen in seine Jackentasche.

Die Zeit verging langsam, während sie dem Regen lauschten, der auf den Drachenflügel peitschte, unter dem sie saßen. Der Drache begann zu wimmern.

»Was sagt er?«, fragte Ilke.

»Er hat Angst, dass seinen Geschwistern etwas zustößt«, sagte Alak. »Er möchte ihnen hinterherfliegen.«

Ilke nickte verständnisvoll. »Ich würde dir

auch hinterherfliegen, wenn du in Gefahr wärst«, sagte sie ernst.

Alak sah sie an und lächelte. »Ich dir auch!«, sagte er leise.

Ilke umarmte ihren Bruder. »Was meinst du?«, fragte sie ernst. »Wollen wir ihn fliegen lassen?«

Azur stand mit ausgebreiteten Armen im Regen. »Ist das für dich auch in Ordnung?«, fragte Alak den Meermann.

Azur ließ sich das Regenwasser glücklich über das Gesicht laufen und seufzte wohlig. »Ich finde nicht, dass du ihn daran hindern solltest, wenn es das ist, was er wirklich will«, entgegnete er lächelnd und nickte.

»Und nasser können wir kaum noch werden«, lachte Alak und wandte sich an den Drachen. »Flieg los!«, rief er ihm zu. »Flieg los und finde deine Geschwister.«

Der Drache blickte ihn mit großen, orangefarben funkelnden Augen an und gurrte wie eine Taube, bevor er die Flügel ausbreitete. Dann verschwand er im Regen.

Als es von einer Sekunde auf die nächste aufhörte zu regnen und die dunklen Wolken verdampften, sahen die Elfenkinder und der

Meermann am Stand der Sonne, dass es bereits Vormittag war.

»Merkwürdiges Wetter«, sagte Azur. »Wenn es in der Wüste erst einmal anfängt zu regnen, dauert das für gewöhnlich mehrere Tage.«

Alak stand auf und schaute sich um. Er holte das Teikhoskop hervor und hielt es vor sich. Dann schloss er die Augen und dachte an die Drachenritter. Das Gerät vibrierte leicht, dann flackerte ein blaues Licht auf und zeigte in die Wüste hinein. Der Elfenjunge hielt den Atem an und betrachtete das Teikhoskop genauer: Ein kleines Rad pendelte hin und her, und auf dem Zifferblatt mit den Zahlen Eins bis Zehn zeigte ein Zeiger auf die Zwei.

»Woran denkst du?«, fragte Ilke.

»An die Drachenritter«, antwortete Alak und überlegte kurz. »Wenn dieser Pfeil die Entfernung anzeigt, dann sind sie ziemlich nahe.«

»Wie weit sind zwei Striche?«, fragte Azur.

Alak schüttelte den Kopf. »Zwei Striche sind auf jeden Fall näher als zehn«, sagte er. »Mehr kann ich auch nicht sagen.«

Azur zuckte mit den Schultern. »Wir haben jetzt schon wirklich lange auf sie gewartet.

Und Climacüss hat Alak den Kompass bestimmt nicht ohne Grund gegeben. Ich finde wirklich, wir sollten ihm folgen.«

Ilke sah Alak fragend an.

Der nickte. »Ja, lasst uns gehen. Vielleicht suchen sie uns ja auch schon.«

»Prima«, sagte Ilke. »Dann gehen wir.«

Wieder allein

Nachdem sie ein Stückchen weit gegangen waren, veränderte sich die Landschaft: Der Sand wirkte hier schwerer, und an einigen Stellen lagen sogar kleine Felsbrocken.

Die Zwillinge und der Meermann kletterten auf eine Sanddüne, um sich Übersicht zu verschaffen. Der Anblick, der sich ihnen bot, nahm ihnen den Atem. Nicht, weil sie noch nie eine Gebirgskette gesehen hatten – sondern weil es schon so lange her war, dass sie zum letzten Mal einen Höhenzug gesehen hatten, und weil das Gebirge, das sich vor ihnen aus dem Sand erhob, so gewaltig war.

»Glaubst du, das ist der Greschih-Pass?«, fragte Ilke.

Alak war sich nicht sicher. Deshalb holte er das Teikhoskop heraus. Der Pfeil zeigte genau auf das Gebirge. Er runzelte die Stirn. »Climacüss sagte, dass sie in Richtung San-Alabar wollten. Und wenn das stimmt, dann ist das einer der Windpässe«, erklärte er.

»Ist das weit weg von Ras-Malam?«, fragte Ilke.

Alak zuckte mit den Schultern. »Es gibt zwei Wege durch das Gebirge nach San-Alabar. Wenn wir vor dem Gebirgspass Ughih stehen, ist es nicht mehr so weit.«

»Aber wenn wir vor dem anderen stehen, ist es noch ein Stückchen?«, hakte Ilke nach.

Alak nickte. Irgendetwas verursachte ihm ein schleichendes Gefühl der Unruhe, doch er wusste nicht, was genau das war.

»Ich sehe dort unten niemanden«, sagte Azur. »Vielleicht sind die Drachenritter weiter in den Pass hineingeflogen?«

»Ich habe das Gefühl, dass hier etwas nicht stimmt«, sagte Alak skeptisch.

Azur sah ihn fragend an.

Ilke kam dem Meermann zu Hilfe. »Du musst wissen, dass Alak eine Stimme in seinem Kopf hört«, erklärte sie ihm. »Und wenn er sich über eine Sache Gedanken macht, kann er sie einfach fragen und bekommt eine Antwort, stimmt's?«

Alak antwortete ihr jedoch nicht. Er war vollkommen in Gedanken versunken, als er in Richtung Gebirgspass weiterging. Etwas dort unten zog ihn magisch an, gleichzeitig verspürte er jedoch eine starke Unruhe.

»Es sieht so aus, als ob er viel nachdenkt«, sagte Azur und blickte Ilke neugierig an.

»Aber was meinst du genau damit, dass er eine Stimme in seinem Kopf hört?«

»Es ist ein Schwert, das da zu ihm spricht«, erklärte Ilke bereitwillig. »Scha-Ra sagte, dass wir es eines Tages aus dem Merwihl-Gebirge holen werden.«

Azur blieb stehen und blickte Ilke verwundert an. »Ein Schwert im Merwihl-Gebirge?«, fragte er ungläubig.

Ilke nickte. »Ich glaube, Scha-Ra nannte es Kheiko.«

»Kheiko?«, rief Azur aus, und seine Augen flackerten. Dann lief er ohne Erklärung zu Alak hinunter.

Ilke biss sich unbehaglich auf die Unterlippe. Dass sie auch nie ihren Mund halten konnte! Hatte Scha-Ra nicht gesagt, dass es Dinge gab, die andere nicht zu wissen brauchten? Es half nichts, sie musste nachsehen, was sie mit ihren Worten angerichtet hatte. Behände stieg sie zu Azur hinunter, der Alak festhielt und auf ihn einredete.

»Wenn du meinst, dass wir warten sollen, dann warte ich mehr als gerne«, sagte er gerade und wirkte sehr besorgt.

»Was hast du ihm denn jetzt schon wieder erzählt?«, fragte Alak seine Schwester vorwurfsvoll. Ilke starrte beschämt zu Boden.

Der Meermann antwortete an ihrer Stelle. »Sie hat mir erzählt, dass Kheiko zu dir spricht. Wenn Kheiko meint, dass wir nicht weitergehen sollten, wäre es sehr klug, diesem Rat zu folgen, finde ich!«

»Bist du plötzlich genauso nervös wie Alak?«, fragte Ilke spöttisch.

Azur drehte sich zu ihr um. »Wir Meerleute haben großen Respekt vor dem Schwert, das König Weha Tarkan gegeben hat«, sagte er ernst. »Immerhin ist Kheiko kein gewöhnliches Schwert ...«

»Das habe ich ja verstanden.« Ilke verdrehte die Augen.

»Kheiko ... besitzt großes Wissen und große Weisheit. Es wäre eine Sünde, nicht darauf zu hören«, fuhr Azur fort.

»Hör jetzt endlich auf!«, sagte Alak unwirsch. »Ich kann das ganze Gefasel über das Schwert nicht mehr hören!« Dass er die Stimme nicht mehr hörte, seitdem er sich in der Oase geweigert hatte, ihr zu gehorchen, verschwieg er den beiden. Deshalb sagte er nur: »Ich höre in meinem Kopf ... gerade jetzt niemanden. Ich hatte nur so ein merkwürdiges Gefühl, als mir gerade klar wurde, dass wir nicht in Richtung Ras-Malam gehen. Das ist alles.«

»Ist dieses Gefühl denn jetzt weg?«, erkundigte sich Ilke.

»Ja, es hat sich in Luft aufgelöst, als du angefangen hast zu spinnen«, nörgelte Alak und wurde plötzlich geschäftig. »Los, wir gehen weiter!«, ordnete er an.

»Du bist dir ganz sicher?«, fragte Azur, der immer noch nicht ganz überzeugt war. »Solltest du nicht lieber zuerst Kheiko fragen?«

»So funktioniert das nicht!«, schimpfte Alak. Seufzend holte er das Teikhoskop hervor. Es vibrierte leicht, doch der Pfeil auf dem Zifferblatt war verschwunden. Als Nächstes dachte er intensiv an den Drachen, mit dem er geflogen war. Das blaue Licht im Teikhoskop flackerte prompt wieder auf. Allerdings wies es in keine bestimmte Richtung. Alak betrachtete das Licht irritiert: Es sah aus wie eine Wüstenlandschaft.

»Wie seltsam«, wunderte sich Ilke. »Es hat doch noch funktioniert, als wir das letzte Mal draufgeschaut haben!«

Alak hielt das Gerät vor sich und ging weiter in Richtung Gebirgspass. Darauf änderte das blaue Licht noch einmal seine Form und wurde zu einem Pfeil, der direkt hinter sie zeigte. Alak drehte sich um und schaute Ilke und Azur verzweifelt an. Was hatte das nur zu bedeuten? Jetzt zeigte das Teikhoskop direkt auf Ilke und Azur – und auch als Alak an die Drachenritter dachte, veränderte sich nichts an der Position des Pfeils. Plötzlich fiel sein Blick auf etwas, das unter ihnen im Sand lag. Er versuchte zu schreien, doch er bekam keinen Ton heraus: Blut sickerte aus dem Boden.

Jetzt sah Ilke es auch. Sie wurde bleich, hielt sich den Mund zu und unterdrückte einen Schrei.

»Was ist?«, rief Azur gereizt. Er verstand nicht, was mit den Elfenkindern los war.

Dann entdeckte auch er den blutenden Drachenflügel, der fast ganz unter dem Sand verborgen war, und auf einmal fror er, mitten in der glühend heißen Wüste.

Alak setzte sich, mit dem Teikhoskop vor sich, auf die Knie, und weinte. »Nun sind wir wieder allein«, sagte er leise.

Ilke und Azur setzten sich neben ihn und dann legten sie die Arme umeinander.

»Was machen wir jetzt?«, fragte Ilke leise.

»Wir gehen weiter«, sagte Alak. »Was bleibt uns anderes übrig?«

»Nach Ras-Malam?«

»Wir nehmen den Weg über den Pass nach San-Alabar«, sagte er und biss die Zähne zusammen.

Der Gebirgspass

Gebirge steigen gewöhnlich langsam an – erst erklimmt man kleine Bergkuppen, die dann zur Spitze führen. Die Berge, die sich vor Alak, Ilke und Azur erhoben, sahen jedoch aus, als ob riesige Steine einfach in der Wüste ausgeschüttet worden wären.

Der Wind blies Sand durch Spalten und Öffnungen des Gebirges. Auf dem Passweg war es kühl, so als ob sie an einem ganz anderen Ort und nicht in der Wüste wären. Spannung lag in der Luft.

Alak führte die Gruppe weiter ins Gebirge hinein. Ilke und Azur sahen sich immer wieder wachsam um. Sie wurden das Gefühl nicht los, dass irgendetwas zwischen den Felsspalten oder auf einem Felsabsatz über ihnen auf sie lauerte.

»Halt!«, flüsterte Alak plötzlich. »Ich weiß, was mich stört.«

»Und was?«, fragte Ilke ungeduldig.

Alak hielt einen Finger vor den Mund, um seine Kameraden zum Schweigen zu bringen. »Hört ihr etwas?«, fragte er und sah seine Schwester und den Meermann an.

Azur und Ilke konzentrierten sich, schüttelten dann aber den Kopf.

»Eben!«, sagte Alak. »Es ist viel zu still hier. Man hört hier nicht ein Geräusch!«

»Doch – den Wind«, wandte Azur ein.

»Gut«, gab Alak zu. »Aber hier hört man nichts Lebendiges. Kein Tier, nichts. Nur uns.«

Azur und Ilke sahen einander an. Alak hatte recht. Diese Stille war absolut ungewöhnlich. Sogar in der Wüste konnte man eine Menge Geräusche hören: kleine Bauchfüßer, die über den Sand eilten, oder die Geier, die schrien, wenn sie über ihnen kreisten.

»Hier lauern vielleicht die Mörder der Drachenritter!«, murmelte Ilke verzagt und zog die Schultern hoch.

»Wenn das wirklich so ist, bleibt uns trotzdem noch eine kleine Chance«, sagte Alak, »wir können uns in den Felsspalten verstecken.«

»Gehen wir weiter?«, fragte Azur aufmunternd.

Ilke nickte. »Erinnert ihr euch an die Reiter, die wir gesehen haben, bevor wir zu der Oase gelangten?«, fragte sie. »Stellt euch vor, die sind hier irgendwo!«

Alak blieb stehen.

»Glaubst du, sie haben …«, begann Azur.

Alak schüttelte den Kopf.

»Sie sind auf Pferden geritten. Ich glaube nicht, dass sie …« Alak brach den Satz in der Mitte ab und schluckte schwer. »Ich glaube nicht, dass sie die Drachenritter … getötet haben können.«

»Aber sicher können wir auch nicht sein«, sagte Ilke.

Alak seufzte resigniert.

»Die Blitze und das Unwetter könnten sie getötet haben.«

»Oder die Nurqus, die wir gesehen haben, bevor die Drachenritter losgeflogen sind«, gab Ilke zu bedenken.

»Vorsicht walten zu lassen schadet auf jeden Fall nichts«, sagte Azur. »Ich kann vorgehen.«

Und bevor Alak und Ilke antworten konnten, wurde der Boden unter den Füßen des Meermannes weich und feucht, und ehe sie sich's versahen, war er unter der Sandoberfläche verschwunden.

»Er kann nicht allein los!«, flüsterte Ilke.

»Hättest du vielleicht mitgehen wollen?«, fragte Alak in einem neckischen Ton.

Sie schüttelte schnell den Kopf und erinnerte sich daran, wie schlimm es für sie gewesen war, als Azur sie mit sich unter den Sand gezogen hatte. Allein bei dem Gedanken wurde ihr schon schlecht. Ilke seufzte tief.

»Denk dran, Azur ist mutig«, beruhigte Alak seine Schwester.

Nach einer halben Ewigkeit tauchte Azur wieder auf. Seine blauen Augen leuchteten vor Entsetzen. »Wir müssen weg von hier!«, rief er panisch, ohne daran zu denken, dass sie möglicherweise jemand hören konnte.

Genau das war aber passiert: Schwere Flügelschläge und Unheil verkündende Schreie wurden laut. Alak schaute sich verwirrt um.

»Das sind fliegende Ungeheuer! Lauft, so schnell ihr könnt!«, rief Azur, griff nach den Zwillingen und zog sie voller Panik zurück in Richtung Wüste.

Die Ungeheuer näherten sich unerbittlich, und ihre Schreie hallten in dem hohen Gebirge wider.

Wir schaffen es niemals, ihnen zu entkommen, dachte Alak verzweifelt und hetzte hinter dem Meermann her, der ihn noch immer am Arm gepackt hielt. Langsam näherten sie sich dem Ausgang. Sie konnten sogar schon die Wüste vor sich sehen. Der Schatten des Gebirges machte den Sand dunkel und Furcht einflößend.

Mit einem Mal wurde Alak klar, dass er nicht wusste, wo sie sich verstecken sollten, wenn sie das Gebirge erst verlassen hatten. Instinktiv griff er nach Ilkes Jacke und zog sie mit sich hinter eine Felsspalte.

Sie starrte ihn entgeistert an. »Bist du verrückt, Alak! Wir müssen raus aus dem Gebirge, es ist verhext! Spürst du das nicht?«, schrie sie hysterisch. Ihr Körper zitterte vor Angst.

»Vertrau mir!«, sagte Alak leise.

Ilke starrte ihn an, als ob sie sich nicht sicher wäre, ob Alak noch ganz bei Trost war. Dann riss sie sich los und rannte Azur hinterher.

Als der dunkle Schatten sie traf, klang das hohl und dumpf. Das Elfenmädchen wurde vom Boden gehoben und von einer geheimen Kraft einfach weggeschleudert.

Alak wollte ihr nach, doch als er sah, wie die Wesen die vor Furcht schreiende Ilke hinter sich herschleppten, wusste er, dass es keinen Sinn hätte.

Der Himmel über ihm wurde dunkel und bedrohlich. Die Schatten über ihm begannen aufeinander einzuschreien. Alak hielt sich die Ohren zu, doch das half nichts.

Dann endlich, nach einer halben Ewigkeit, verschwanden die Gespenster, und es wurde still.

Es war Abend geworden. Alak kroch aus der Felsspalte hervor, in der er sich versteckt hatte, und blieb, mit dem Rücken dicht an die Felswand gedrückt, stehen. Er sah und hörte nichts Besonderes – alles schien friedlich.

Im Sand konnte er allerdings Ilkes Spuren sehen: Sie war offensichtlich von mehreren Angreifern aus dem Pass herausgeschleppt worden. Vielerlei Tritte hatten den Sand aufgewühlt. Mutlos hockte Alak sich hin und legte seine Hand auf den Sand. Dann weinte er. Er vermisste die Stimme, die ein Teil von ihm geworden war und die ihm Sicherheit gegeben hatte.

»Warum kannst du mir nicht helfen, wenn ich dich brauche?«, rief er verzweifelt in die Wüste hinaus. »Warum? Warum hast du mich nicht gewarnt, bevor wir auf die Passstraße gegangen sind? Hättest du das getan, dann wäre Ilke noch immer hier! Warum bist du nicht da, wenn ich dich brauche?«

Alak grub seine Finger in Ilkes Jacke, die er noch immer bei sich trug, und weinte so heftig, dass es ihn schüttelte. »Ich hätte dich nie darum bitten sollen zu verschwinden. Niemals!«, flüsterte er. »Ich hätte auf dich hören sollen. Jetzt weiß ich es!«

Als Alak sich erhob und sich wieder auf den Weg zurück ins Gebirge machte, merkte er, wie sich ihm jemand von hinten näherte. Seine Nackenhaare sträubten sich unwillkürlich, er spannte seine Muskeln an. Langsam schlich Alak weiter, vermied es jedoch, sich umzudrehen. Dann warf er sich plötzlich mit aller Kraft an die Gebirgswand, holte aus und trat mit dem rechten Bein aus. Er traf die Gestalt hinter sich mit einem mächtigen, perfekt sitzenden Tritt: Azur flog in hohem Bogen nach hinten und landete unsanft im Wüstensand.

Ächzend hob der Meermann den Arm, um sich zu schützen, als Alak auf ihn zugelaufen kam.

»Alles in Ordnung?«, fragte der Elfenjunge ängstlich. »Aber was musstest du dich auch so an mich ranschleichen?«

»I-i-ich habe deine Schwester aus den Augen verloren. I-i-ich hatte Angst, d-d-dass sie mi-mi-mich fangen würden«, stotterte er und begann unvermittelt zu schluchzen. »Ich bin so feige«, heulte er.

Alak schüttelte den Kopf und nahm seine Hand. »Du bist nicht feige«, flüsterte er. »Und vor allem ist es nicht deine Schuld!«

»Meinst du wirklich?«, fragte er Azur.

Alak nickte und half ihm, vom Boden aufzustehen.

»Hast du gesehen, was passiert ist und was sie mit ihr gemacht haben?«, fragte Azur.

Azur schüttelte den Kopf.

»Dann gehe ich sie suchen«, sagte Alak leise und ging weiter in das Gebirge hinein. Nach ein paar Schritten drehte er sich um und schaute Azur ernst an.

»Sie könnte tot sein«, sagte der Meermann leise.

»Nicht für mich«, entgegnete Alak mit fester Stimme. »Aber wenn du nicht mitkommen willst, ist das in Ordnung.«

»Doch!«, rief Azur schnell und lief ihm nach. »Warte auf mich! Wenn sie noch lebt, will ich mit dabei sein, wenn sie gerettet wird!«

Alak lächelte ihn an.

Nurqus

Ilke spürte einen stechenden Schmerz direkt über der Schläfe. Sie versuchte, die Augen zu öffnen, doch ihre Lider waren verklebt. Sie musste sich erst mit dem Handrücken darüberfahren, bevor sie sich umschauen konnte.

Was sie sah, beruhigte Ilke nicht unbedingt: Sie saß in einem spärlich beleuchteten Raum mit einem Kaminfeuer. In der Ecke links von ihr saß jemand in einem Sessel und beobachtete sie. Ilke versuchte aufzustehen, doch ihre Beine ließen sie im Stich. Außerdem war das Hemd, mit dem sie sich das Gesicht abgewischt hatte, voller Blut.

Die Gestalt erhob sich, ging zum Kamin und warf ein Holzscheit hinein. Funken sprühten, fielen auf den kalten Steinfußboden und erloschen.

»Fühlst du dich besser?«, fragte er, mit dem Rücken zu ihr.

Ilke versuchte zu begreifen, wer da genau zu ihr sprach. Die Stimme hörte sich vertraut an, doch das Elfenmädchen war so durcheinander, dass sie sie nicht sofort zuordnen konnte.

Er nahm einen Schürhaken und stocherte

damit lange im Feuer herum, bevor er sich umdrehte. Er trug einen langen Umhang und hatte die Kapuze tief ins Gesicht gezogen. Die Flammen warfen seinen Schatten auf den Boden.

Ilke überlief ein Schauer der Angst.

»Erkennst du mich nicht wieder?«, fragte der Fremde und zog die Kapuze nach hinten.

»Tarkan!«, rief Ilke und zuckte zusammen.

Er grinste sie an.

»Schade, dass du mich nicht gleich wiedererkannt hast«, sagte er mit einem schiefen Lächeln und trat einen Schritt näher. »Sollten wir nicht ein bisschen mehr Zeit miteinander verbringen, damit dir so etwas nicht mehr passiert? Und wer weiß, vielleicht werden wir ja sogar Freunde?«

»Niemals!«, schrie Ilke ihn an. »Du bist ein Ungeheuer!«

»Immer mit der Ruhe!«, beschwichtigte sie Tarkan. Um seine Mundwinkel zuckte es gefährlich. Sein Lächeln war verschwunden, um seine Augen hatte sich ein dunkler Schatten gelegt. »Siehst du mich so? Als Ungeheuer?«, fragte er leise.

Ilke starrte ihn trotzig an, dann warf sie sich nach vorn.

Tarkan reagierte jedoch blitzschnell; er trat

einen Schritt zur Seite, sodass Ilke der Länge nach hinschlug.

Stöhnend rappelte sie sich auf und hob die Hand: Kälte floss durch sie hindurch und zischte Tarkan entgegen.

Der Frost explodierte vor ihm und wurde zu einer Schneewolke.

Tarkans Augen verengten sich zu Schlitzen, und sein Mund wurde zu einem scharfen Strich. Erzürnt hob er den Schürhaken, den er immer noch festhielt, und ging auf Ilke zu. »Du Idiotin!«, schrie er, rasend vor Wut. »Glaubst du, dass deine primitiven ... Fähigkeiten mich aufhalten könnten?«

Er trat voller Wucht gegen einen Stuhl, der ihm im Weg stand. Das Möbelstück flog quer durch den Raum und prallte schließlich mit einem lauten Krachen gegen die Wand neben dem Kamin.

Ilke duckte sich und kroch näher an die Wand.

Als Tarkan sie wieder anblickte, wirkte er ruhiger. »Als wir uns zum ersten Mal begegnet sind, war ich sehr beeindruckt von dir ... doch beim ersten Mal bin ich leicht zu beeindrucken. Nun musst du dir schon etwas Neues ausdenken«, zischte er.

»Wart's nur ab ...!«, murmelte Ilke.

Er beugte sich hinab und starrte ihr in die Augen. »Was?«

»Wart nur ab, bis Scha-Ra kommt!«, antwortetc sic lcisc.

Tarkan richtete sich auf und hob resigniert die Arme. »Das wird nicht so einfach sein«, höhnte er. »Versteht ihr denn nicht, dass dies eine Welt der Erwachsenen ist? Ihr Kinder seid von uns abhängig. Ob es euch gibt oder nicht, spielt keine Rolle. Ihr bedeutet rein nichts, wenn wir euch nicht zu Bedeutung verhelfen.« Er zog einen Sessel heran und setzte sich. »Merke es dir endlich: Kinder bedeuten nichts, bevor sie nicht erwachsen sind.«

»Das stimmt nicht …«, schluchzte Ilke. »Scha-Ra sagt, dass kein Erwachsener die Prophezeiung aus dem Buch *Phenomena* erfüllen kann. Er hat gesagt, dass nur wir Kinder das können …«

»Und trotzdem sitzt du hier und heulst und wartest darauf, dass Scha-Ra kommen und dir helfen soll«, höhnte Tarkan und beugte sich zu Ilke vor. »Als ich in deinem Alter war, hatte ich schon aufgehört zu weinen. Ich habe nur mir selbst vertraut. Und deshalb wusste ich auch, dass Weinen nichts nützt.«

»Dann wundert es mich auch nicht, dass du

solch ein Ungeheuer geworden bist«, sagte Ilke leise. »Du warst ja nie ein Kind.«

»Ich hatte auch nie das Bedürfnis, ein Kind zu sein«, sagte Tarkan ernst.

Ilke bekam es plötzlich mit der Angst und kontrollierte, ob sie immer noch den Schmuck trug, den Scha-Ra ihr gegeben hatte. Als sie ihn um ihren Hals spürte, atmete das Elfenmädchen erleichtert auf und sah zu Tarkan hoch.

Er saß kühl lächelnd vor ihr. »Du dachtest wohl, ich hätte ihn mir genommen?«, fragte er ruhig und wiegte den Kopf. »Nun, ich hatte tatsächlich daran gedacht. Aber was nützt mir das, wenn du langsam stirbst und mir nicht erzählen kannst, wo dein Bruder ist? Ich will Alak. Der Schmuck gegen deinen Bruder ... Was sagst du dazu? Wenn du mir erzählst, wo Alak ist, darfst du deinen Schmuck behalten.«

»Wie kann ich wissen, dass du mich nicht tötest, sobald ich dir erzählt habe, wo Alak ist?«

»Interessant!«, spottete Tarkan und grinste breit. »Du bist gezwungen, mir zu glauben.« Dann lachte er hohl und rostig. »Du bist schlauer, als ich gedacht habe«, sagte er. »Ich hatte angenommen, dass du mein Angebot abschlagen würdest.«

»Ich habe zu nichts Ja gesagt«, sagte Ilke leise. »Nur ein Ungeheuer zwingt einen anderen, zwischen seinem eigenen Leben und dem eines Familienmitglieds wählen zu müssen.«

»Was weißt du schon von Familie!«, brüllte Tarkan und sprang auf. »Außerdem habe ich andere Methoden, dich zum Sprechen zu bringen.«

Er klatschte in die Hände. Drei Nurqus kamen herein, ihre Flügel schleiften über den Boden, während ihre Blicke unruhig im Raum umherflackerten. Tarkan machte eine Handbewegung in Richtung Ilke. »Bringt sie in den Saal hoch und kettet sie an den Fußboden«, befahl er.

Ilke sprang auf und lief zur Tür, als Tarkan die Hand hob. Eine unsichtbare Kraft warf sie brutal gegen die Wand, und ihr wurde schwarz vor Augen.

Alak und Azur lagen hinter einem Felsblock, der aussah, als ob er aus dem Felsen gerissen und einfach fallen gelassen worden war.

»Wie um alles in der Welt sollen wir da nur reinkommen?«, fragte Alak verzagt und betrachtete den enormen Monolithen vor sich, der hoch in den Himmel ragte.

Das Gebäude war auf einem runden, vollkommen leeren Platz mitten im Gebirge gebaut. Man konnte sich dem Turm nicht unbemerkt nähern.

Plötzliches Flügelschlagen ließ den Elfenjungen und den Meermann zusammenfahren. Im nächsten Augenblick verdeckten dunkle Schatten die letzten Strahlen der Sonne.

Alak und Azur rückten näher zusammen und duckten sich.

»Das sind die Geschöpfe, die wir in der Oase gesehen haben«, flüsterte Azur ängstlich, als eines vor dem Turm landete.

»Nurqus«, flüsterte Alak zurück. »Sie haben Ilke verschleppt.« Er sah Azur an. »Das bedeutet, dass sie irgendwo in dem Turm dort oben ist.«

»Aber wie sollen wir dorthin kommen?«, flüsterte Azur.

Sie blieben einen Moment still und in Gedanken versunken sitzen – dann leuchteten Alaks Augen auf einmal auf. »Wir können uns ja unter der Erdoberfläche bewegen«, raunte er dem Meermann aufgeregt zu. »Du kannst mich unter dem Sand zum Turm ziehen! Und vielleicht können wir unter dem Turm einen Weg hinein finden!«

Azur blickte ihn nachdenklich an. »Ich weiß

aber nicht, wie tief der Turm ins Erdreich hineinragt«, gab er zu bedenken. »Und es ist außerdem nicht sicher, dass es in der Mauer eine Öffnung gibt.«

»Wir müssen es versuchen«, sagte Alak entschlossen. »Wir gehen nicht von hier weg, bevor wir nicht alles versucht haben.«

»Du hast ja recht«, lenkte Azur ein. »Aber ich gehe erst einmal allein vor, um mir einen Überblick zu verschaffen«, sagte Azur.

Alak nickte und drückte die Hand des Meermannes dankbar.

Azurs freundliche blaue Augen lächelten beruhigend; dann verschwand er.

Er war schneller zurück als erwartet. Dieses Mal hatte sein Blick aber etwas Panisches. »Es geht weit nach unten«, sagte er.

»Aber kommt man trotzdem in den Turm hinein?«, fragte Alak eifrig.

Azur schüttelte bedauernd den Kopf. »Die Mauer ist glatt und hart wie Granit, aber …«

»Aber was?«

»… wir können vielleicht durch das Fundament in den Turm gelangen. Aber die Mauer ist so tief in den Sand hineingebaut, dass der Druck dich zerquetschen würde.«

Alak fühlte, wie die ganze Welt für ihn zusammenbrach. »Wir müssen Ilke aber finden«, flüsterte er verzweifelt und kämpfte mit den Tränen.

Azur nickte. »Natürlich«, sagte er und legte dem Elfenjungen eine Hand auf die Schulter. »Du wartest hier, und ich hole sie.«

»Aber wenn ich den Druck dort unten nicht aushalten kann, dann kann Ilke das auch nicht«, wandte Alak ein.

»Daran denken wir später«, sagte Azur. »Im Moment ist es wichtiger, dass ich es wenigstens versuche. Vielleicht fällt mir ja etwas ein, wenn ich erst einmal drinnen bin. Hast du vielleicht eine bessere Idee?«

Alak schüttelte traurig den Kopf.

»Also dann«, murmelte der Meermann und verschwand wieder.

Der Turm

Alak saß mit dem Rücken gegen den Felsen gelehnt. Wenn die Prophezeiung von ihm und Ilke handelte, musste er jetzt selbstständig etwas unternehmen und durfte nicht darauf warten, dass Azur eine Lösung einfiel. Wenn Scha-Ra recht hatte und die beiden Aldra vor Tarkan retten … und ihre Eltern von den Murtokks befreien sollten, dann gab es nichts, was sie aufhalten konnte, rein gar nichts. Nicht einmal die eigene Unsicherheit. Der Gedanke, dass Ilke in Gefahr war, brachte Alaks Blut in Wallung. Er erhob sich und spähte in Richtung Turm, der vor ihm in den Nachthimmel emporragte. Das Geräusch von Flügeln ließ ihn erneut zusammenzucken. Ängstlich sah er hoch. Am dunkelblauen Himmel schwebte ein großes, fledermausartiges Geschöpf. Alak schloss die Augen und biss sich auf die Lippe.

Die Verzweiflung darüber, dass er nichts tun konnte, und seine Furcht vor den fliegenden Ungeheuern verwandelten sich langsam in Wut. Alak wäre am liebsten aufgestanden und hätte die Nurqus herausgefordert. Alles war besser, als nur hier zu sitzen. Was hätte die

Stimme gesagt, wenn sie jetzt hier wäre?, dachte er wehmütig.

Als der Elfenjunge hilfesuchend zu den Sternen aufsah, spürte er, wie die Anspannung langsam nachließ. Die Ruhe, die er so oft verspürt hatte, wenn die Stimme zu ihm sprach, verbreitete sich beruhigend in seinem Körper. Er seufzte. Von dort oben wäre es wohl einfacher, in den Turm hineinzugelangen, dachte er und lächelte bei dem Gedanken.

Plötzlich hörte er einen Laut. Er war schwach, doch Alak konnte ihn trotzdem wahrnehmen. Vorsichtig wandte er sein Gesicht in die Richtung, aus der das Geräusch gekommen war.

Und dann spürte er es, zitternd vor Freude: Der schrille Schrei in seinem Kopf formte sich langsam zu einer Sprache. Es war die Sprache der Adler.

Eifrig versuchte sich der Elfenjunge an den Worten und Tönen, sprach leise Sätze und Satzkonstruktionen vor sich hin und sah sich dann vorsichtig um. Weil die Luft rein zu sein schien, schrie er schließlich aus voller Kraft zurück.

Das Rauschen von großen Schwingen brauste über seinem Kopf. Alak hielt den Atem an. Er hatte aus einem Impuls heraus Kontakt mit dem Adler aufgenommen und bereute es bereits; nun hatten ihn alle gehört – nicht nur der Adler, sondern möglicherweise auch die Nurqus.

Als sie endlich abdrehten, weil sie den Betrug offensichtlich nicht bemerkt hatten, atmete Alak erleichtert auf.

Nach einer Weile antwortete der Adler tatsächlich. Er sei ganz in der Nähe, sagte er, aber er habe Angst und wage es nicht, näher zu kommen.

Jetzt verstand Alak auch, warum sie auf ihrem Weg durch das Gebirge keine Tiere gehört hatten: Die Nurqus hatten alle verschreckt. Was mussten das für Ungeheuer sein, die alle Lebewesen vom kühlenden Gebirgsschatten hinaus in die glühend heiße Wüste trieben?

Alak beschwor den Adler, zu ihm zu kommen, und versicherte ihm, dass er weder von ihm noch von den Nurqus etwas zu befürchten hätte. Im Stillen hoffte und betete der Elfenjunge, dass er tatsächlich recht behielt und dass er das Desinteresse der Nurqus an zwei Adlern nicht missverstanden hatte.

Nach einer halben Ewigkeit hörte Alak den Adler durch die Luft gleiten und auf sich zukommen.

Als der majestätische Vogel nicht weit entfernt landete, rauschte der verwehte Sand kaum hörbar.

Alak atmete auf und antwortete dem vorsichtigen Kollern des Adlers und schlich sich hinter den Felsen zu dem Tier.

Als er Alak sah, breitete der Vogel die Flügel aus und sprang nach hinten, jederzeit zur Flucht bereit.

»Hast du Angst?«, fragte Alak.

Die gelben Augen des Tieres rollten verwirrt. Plötzlich beugte sich der Adler nach vorn und biss Alak in den Fuß, bevor er wieder nach hinten sprang.

»Das hat wehgetan«, flüsterte Alak vorwurfsvoll.

»Es hätte noch mehr wehtun können«, sagte der Vogel und schaute ihn mit einem überlegenen Blick an.

»War das wirklich nötig?«, fragte der Elfenjunge wütend.

»Ich dachte, du wärst ein Adler, der in Schwierigkeiten ist«, antwortete der Vogel ruhig. »Mit so etwas wie dir hatte ich nicht gerechnet. Warum hast du mich in diesen Hinterhalt gelockt?«

»Ich brauche Hilfe«, sagte Alak. »Und du bist der Einzige, den ich erreichen konnte.«

»Na wunderbar«, seufzte der Adler und

warf den Kopf in den Nacken. »Aber weißt du was? Nein danke – ich habe genug zu tun. Leider reicht meine Zeit nicht aus, um dir zur Seite zu stehen. Schönen Tag noch.« Und damit schlug er mit den Flügeln, um abzuheben.

»Halt!«, rief Alak bestimmt und streckte die Hand aus, um das Tier aufzuhalten, doch der Adler hackte nach seiner Hand – und traf.

»Ich blute«, sagte Alak und sah auf seinen Arm.

»Oh, das tut mir aber leid«, spottete der Adler und wollte sich gerade davonmachen, als sie schwere Flügelschläge über sich hörten.

Flink kroch Alak in den Felsschatten und machte sich klein. »Schnell! Komm her!«, flüsterte er dem Adler zu. »Sonst finden sie uns alle beide!«

Der Adler sah panisch hin und her. Er konnte sich einfach nicht entscheiden, ob er sich verstecken oder wegfliegen sollte. Schließlich kroch er neben Alak und duckte sich ebenfalls.

Der große Vogelkörper bebte vor Furcht, als der Schatten über ihnen Kreise zog, bevor er wieder verschwand.

»Ich verstehe ja, dass du Angst hast, aber ich brauche wirklich deine Hilfe«, flüsterte der Elfenjunge dem Tier leise zu.

Der Adler hob den Kopf und sah Alak ernst an. »Wer bist du?«, fragte er dann langsam. »Ich erkenne in dir eine Stimme wieder.«

»Hörst du sie etwa?«, fragte Alak verwundert.

»Nein, ich habe sie nur gefühlt, als ich meinen Kopf an dich gelehnt habe. Ich kenne sie aus der Zeit, als ich noch im Merwihl-Gebirge gejagt habe. Warst du das?«

Alak schüttelte den Kopf. »Hast du mit der Stimme gesprochen?«

Der Adler blinzelte verwirrt mit den gelben Augen, und Alak strich dem Vogel vorsichtig über den Kopf. »Als ich über das Gebirge flog, streichelte mich die Stimme wie ein kühlender Wind«, sagte der Adler dann leise, »so als ob wir gemeinsam hoch oben am Himmel dahinschwebten.« Er musterte Alak nachdenklich. »Bist du in Gefahr? Soll ich dich von hier wegbringen?«

Alak erhob sich. »Ich möchte, dass du mich dort hochfliegst«, sagte er und zeigte auf die Turmspitze.

Der Adler schüttelte den Kopf. »Auf gar keinen Fall! Hast du nicht die fürchterlichen Geschöpfe hier gesehen?«

»Bitte!«, bat Alak und sah den Adler flehend an. »Tu es für mich. Ich glaube, meine

Schwester wird im Turm gefangen gehalten. Ich muss ihr helfen.«

Der Adler plusterte sich wieder auf und bewegte den Kopf unsicher von einer Seite zur anderen. »Ich weiß nicht so recht«, flüsterte er. »Ich mache das nur äußerst ungern. Es ist lebensgefährlich, weißt du? Und außerdem ist die Turmspitze kein guter Landeplatz.«

Als Alak es sich jedoch nicht anders überlegte, sondern beharrlich nach oben auf die Turmspitze blickte, schüttelte der Adler den Kopf und breitete seine Schwingen aus. »Halt dich an meinen Krallen fest, und dann fliegen wir los«, seufzte er.

»Schaffst du es, denen fliegend zu entkommen«, fragte Alak und nickte in die Richtung, in der der Nurqu verschwunden war.

Der Adler schnaubte und warf den Kopf zurück. »Selbstverständlich! Dass sie Flügel haben, bedeutet noch lange nicht, dass sie auch gute Flieger sind.«

Alak lächelte. »Danke«, sagte er leise.

»Danke mir nicht, bevor ich nicht weiß, ob wir es überleben. Auch wenn sie nicht so schnell sind wie ich, so sind sie doch viel, viel größer ... und gefährlicher«, sagte der Adler trocken, schlug kräftig mit den Flügeln und spähte um sich. Dann hob er ab, Alak an seinen Krallen hängend.

Der Adler schwenkte vom Turm weg und flog an der Felswand entlang.

»Was tust du?«, flüsterte Alak, doch der Adler antwortete ihm nicht, sondern stieg steil zum Himmel hinauf und drehte dann unwillkürlich ab.

Alak schaute nach unten, um zu sehen, wo sie waren, doch die Wolkendecke unter ihnen verdeckte die Sicht. Die Luft hier oben war kalt, und das Atmen fiel schwer. Und gerade als der Elfenjunge fragen wollte, was genau der Vogel vorhabe, setzte der Adler zu einem Sturzflug an.

Alak klammerte sich an seinen Krallen fest, während sie schneller und schneller durch die Wolken fielen. Der Wind peitschte ihm ins Gesicht, der Wind war empfindlich kalt, und langsam verlor er das Gefühl in den Fingern. Ich stürze ab, dachte der Elfenjunge panisch und wollte schon die Augen schließen – da entdeckte er den Turm.

Von hier oben sah er doch anders aus, als er ihn sich vorgestellt hatte. Statt eines Daches thronte eine Glaskuppel auf dem Bauwerk – nun begriff Alak auch, warum der Adler es für so unklug gehalten hatte, hier oben zu landen. Er seufzte. Die Kuppel sah hart und glatt aus. Das Beunruhigendste aber war, dass Alak nicht sehen konnte, was darunterlag, denn sie war schwarz.

Jetzt bremste der Adler und begann, genau über der Kuppel zu kreisen. »Soll ich dich woandershin fliegen?«, schrie er und hielt verzweifelt nach Nurqus Ausschau.

Alak verstand die Sorge des Vogels. Zudem merkte er, wie der Adler langsam müde wurde. »Geht schon!«, rief er, konzentrierte sich – und als sie genau über dem Turm schwebten, ließ er los.

Alak landete mit einem lauten Klatschen auf der Glaskuppel und rutschte sofort ab. Geistesgegenwärtig tastete er sofort mit den Fingern nach einem Halt.

Zum Glück befand sich zwischen der Glaskuppel und der Turmmauer eine Kante, an die Alak sich jetzt klammern konnte. Sie war zwar hart und scharf, doch sie hielt wenigstens sein Gewicht.

Ein schwacher Luftzug unter ihm ließ den Elfenjungen nach unten blicken. Es war der Adler.

»Ich hätte dich aufgefangen, wenn du gefallen wärst«, sagte er nur und verschwand.

Alak begann, sich auf die Kante hochzuziehen. Sie war gerade breit genug, dass er darauf sitzen und stehen konnte, wenn er sich gegen das gewölbte Kuppelglas lehnte. Zuerst blieb er jedoch noch eine Weile sitzen, um wieder zu Atem zu kommen.

Dann erhob er sich vorsichtig. Die Kante war glatt und feucht. Außerdem wehte hier oben ein eiskalter Wind. Wenn Alak nicht erfrieren wollte, musste er irgendwie in den Turm gelangen.

Ein Knall ließ den Elfenjungen zusammenfahren. Plötzlich begann die Kuppel zu leuchten: Jemand hatte in dem Raum direkt unter ihm Licht angemacht.

Staunend blickte Alak nach unten. Er sah direkt in einen großen, kreisförmigen Raum, dessen Wände komplett mit Bücherregalen bedeckt waren. Auf dem Boden in der Mitte der Bibliothek stand eine merkwürdige Apparatur, die aussah wie ein kleiner Turm mit Handgriffen und Rädern. Alak hatte so etwas noch nie gesehen.

Während der Elfenjunge noch das seltsame Gerät anstarrte, glitt eines der Bücherregale zur Seite, und eine Gestalt in einem langen schwarzen Umhang betrat den Raum. In ihrem Gefolge befanden sich zwei Nurqus.

Alak war vor Entsetzen wie gelähmt, als er

die Gestalt wiedererkannte. Es war Tarkan. Was machte er hier? Alak fühlte sich auf einmal sehr hilflos, wie er so an die Glaskuppel gelehnt dastand und nicht weiterwusste. Konnten sie ihn hier oben sehen, oder verbarg ihn die Dunkelheit? In seiner Not versuchte Alak, sich die Abende auf Scha-Ras Schloss in Erinnerung zu rufen. Wie war das, als sie durch das Fenster zum Nachthimmel emporgeblickt hatten. Waren sie von außen erkennbar gewesen?

Bevor er zu Ende gedacht hatte, begann sich die Kuppel zu bewegen. Sie teilte sich langsam und entfaltete sich, wie eine Blüte, mit einem klagenden, scharfen Ton. Alak klammerte sich erschrocken an der Öffnung der Kuppel fest, um nicht über die Kante geschoben zu werden.

Die Nurqus grinsten höhnisch und begannen an den Zahnrädern des seltsamen Geräts am Boden zu drehen. Sofort begann sich der Turm zu bewegen. Eine Klappe auf dem Dach glitt zur Seite, und eine lange Stange mit einer kugeligen Spitze schob sich zum Dach empor. Als sie in etwa in Alaks Augenhöhe zum Stehen kam, schwante dem Elfenjungen nichts Gutes. Und tatsächlich begann sich die seltsame Kugel zu drehen. Zuerst langsam, dann jedoch immer schneller, bis sie wie ein strahlender Schatten im Dunklen aussah. Als sie ihre maximale Geschwindigkeit erreicht hatte, begann die Kugel Funken zu sprühen. Alak war es, als ob sie alle Kraft des nächtlichen Himmels in sich aufnahm und diese dann um die eigene Achse schleuderte.

Nun verließ Tarkan zusammen mit den Nurqus die Bibliothek. Langsam glitt das Bücherregal hinter ihnen wieder zu.

Alak maß den Abstand zu der Funken sprühenden Stange mit den Augen. Die einzige Möglichkeit, in den Turm zu gelangen, war, an ihr in die Bibliothek herunterzurutschen. Sein Herz hämmerte. Die Sache war nicht ungefährlich. Er musste es jedoch schaffen, um Ilkes willen.

Der Elfenjunge nahm all seinen Mut zusammen, konzentrierte sich – und sprang.

In diesem Moment wurde ihm klar, welche Funktion die Metallstange genau hatte: Sie sollte Blitze anziehen. Alak hielt den Atem an. Jetzt verstand er plötzlich auch, warum das Wetter immer so abrupt umgeschlagen hatte: Das war Tarkans Werk. Er hatte die Kuppel geöffnet und die Metallstange herausgeschoben, um die Elektrizität der Blitze zu sammeln. Alak machte große Augen. Gleich würde er die

Stange erreicht haben. Aber was wäre, wenn genau in dem Moment ein Blitz in die Stange einschlug, wenn er nach ihr griff …

Er zuckte zurück – genau im falschen Moment. Denn statt mit den Händen Halt zu suchen, prallte Alak mit voller Wucht mit dem Kopf dagegen. Für den Bruchteil einer Sekunde wurde ihm schwarz vor Augen, und er spürte, wie er ins Leere fiel. Verzweifelt streckte der Junge die Arme aus – und spürte das Metall der Stange. Glücklich packte er zu und konnte sich halten. Mit den Beinen versuchte Alak, seinen Fall zu bremsen und langsam in die Bibliothek hinabzugleiten.

Wilde Freude durchflutete den Elfenjungen, als er merkte, dass es zu klappen schien. Mit aller Gewalt klammerte er sich an die Stange, die plötzlich jedoch heftig zu vibrieren begann. Ehe er etwas tun konnte, schlug ein Blitz ein. Weißes und gelbes Licht explodierte um Alak herum. Die Kraft des Einschlags warf ihn gegen ein Bücherregal, das unter der Wucht zerbrach und über ihm zusammenstürzte.

Als Alak aus seiner Bewusstlosigkeit erwachte, fühlte er sich wie benebelt: Vor seinen Augen tanzten leuchtende Punkte, und der Schmerz in seinem Kopf machte ihn schwindlig. Er lag unter einem dicken Bücherstapel und konnte sich kaum rühren. Auf dem Boden war Blut – sein eigenes. Alak wischte sich mit dem Handrücken über den Mund und untersuchte mit der Zunge, ob er noch alle Zähne hatte. Seine Unterlippe war geplatzt, und der Schmerz neben seinem linken Auge kam von einer blutigen Schramme. Stöhnend kroch der Elfenjunge unter den Büchern hervor und lehnte sich mit dem Rücken gegen die Überreste des Bücherregals.

Jetzt muss ich nur noch Ilke finden, dachte er und rappelte sich auf. Mit zittrigen Schritten ging Alak zu dem Bücherregal, hinter dem Tarkan vorhin verschwunden war. Hastig suchte er nach einem Knopf oder einem Griff, um den Türöffnungs-Mechanismus zu betätigen, fand jedoch nichts. Wie hatte Tarkan das genau gemacht?, überlegte Alak. Hatte er nur dagestanden und das Regal angeschaut, oder hatte er es mit einem geheimen Code geöffnet? Alak sah sich verzweifelt in der Bibliothek um. Er konnte nicht anfangen, Buch für Buch zu untersuchen. Da wäre er in Jahren noch beschäftigt.

In seiner Verzweiflung begann der Elfenjunge, alle Bücher aus dem Regal zu reißen, um möglicherweise dahinter etwas zu finden, das ihm die Tür in die unteren Stockwerke des Turms öffnete. Als Nächstes drückte er auf die Rahmen der Regale und alle Fächer. Vergeblich.

Resigniert starrte Alak vor sich hin und war schon kurz davor, aufzugeben, als es in seinen Augen blitzte und er eilig zu der Apparatur in der Raummitte stürzte. Energisch griff Alak nach einem der Zahnräder an der Seite und drückte mit seinem ganzen Gewicht darauf. Und tatsächlich: Das Rad begann sich knirschend zu bewegen, und die Maschine senkte sich ab. Der Elfenjunge triumphierte. Schnell warf er sich wieder auf das Zahnrad und bewegte die Stange ein beträchtliches Stück nach unten. Als er die Spitze so weit eingefahren hatte, dass sie nicht mehr frei in den Himmel ragte, löste sich der Blitz auf.

Alak jubelte und lief zu dem leeren Bücherregal. Blitzschnell kletterte er hinauf und legte sich auf das oberste Fach. Er hatte das deutliche Gefühl, dass er jetzt in Deckung gehen musste – er hatte zu viel Lärm veranstaltet, als dass Tarkan nicht nachsehen kommen würde. Und tatsächlich: Schon ertönten Schritte von unten, und langsam schob sich das Bücherregal nach innen auf. Herein trat Tarkan. Alak hörte, wie er gereizt vor sich hin murmelte.

Das war seine Chance: Behände ließ Alak sich lautlos hinter das Regal fallen und stand am Eingang der Bibliothek. Vor sich sah er eine Wendeltreppe, die nach unten führte. Glücklich und ein wenig aufgeregt holte der Elfenjunge Atem und machte sich dann flink an den Abstieg.

Alles schien gut zu gehen. Im Treppenhaus hingen Fackeln, die ein weiches Licht an die weiße Mauerwand warfen und Alak den Weg nach unten wiesen. Ein lauter Schrei ließ ihn jedoch zusammenfahren: Tarkan rief wutentbrannt nach den Nurqus. Sie sollten die Metallstange wieder in die richtige Position bringen, verlangte er.

Und die Nurqus ließen sich das nicht zweimal sagen – dafür klang Tarkan viel zu böse. Ehe Alak wusste, wie ihm geschah, hörte er schwere Schritte die Treppe hochstampfen und ein tiefes Knurren.

Er war zwischen den Nurqus und Tarkan gefangen … Verzweifelt sah er sich um, aber die Wand war zu glatt, um an ihr hochklettern zu können, und in dem engen Treppenhaus gab es keine einzige Stelle, die nicht vom Fackellicht ausgeleuchtet war. Was sollte er nur tun? Alaks Herz klopfte wild. Sollte er nach oben laufen und versuchen, sich vor Tarkan zu verstecken, oder sollte er doch lieber versuchen, unbemerkt an den Nurqus vorbeizukommen? Er schloss die Augen. Beide Alternativen waren hoffnungslos. Die Frage war doch nicht: Wie konnte er schneller zu Ilke gelangen? Sondern: Wer würde ihn töten? Tarkan oder die fledermausähnlichen Ungeheuer?

Plötzlich merkte Alak, wie sein Rücken nass wurde und die Wand hinter ihm sich aufzulösen schien. Und genau in dem Moment, als die Nurqus die Treppe heraufgestürzt kamen und seiner gewahr wurden, verschwand Alak in der Wand. Einfach so. Er rang nach Atem, seine Lungen waren am Explodieren, dann wurde alles schwarz.

»Du bist einfach verschwunden, noch bevor ich dir die Fähigkeit zum Atmen geben konnte«, sagte Azur, als Alak aus seinem Dämmerzustand erwachte.

Der Elfenjunge blinzelte verunsichert. »Azur!«, krächzte er mit heiserer Stimme. »Was ist passiert?«

»Die Wände und Fußböden des Turmes sind aus Mauerwerk, nicht aus Granit wie die Außenwände«, erklärte der Meermann und lächelte. »Es ist nicht anders, als wenn ich mich im Sand bewege. Etwas schwerer, aber nicht viel.«

Alak drehte sich um, als er Stimmen hörte. Durch die Wand konnte er die Konturen von Tarkan ausmachen, der die Treppe hinunterging.

Tarkan blieb stehen, betrachtete seine Hände und drehte sich dann zur Wand. Alak und Azur erstarrten vor Entsetzen: Es wirkte, als ob Tarkan sie direkt anschaute.

Er hielt zwei blutverschmierte Finger hoch und strich mit ihnen über die Wand.

»Wenn Alak hier ist, ist es nur eine Frage der Zeit, bevor ich ihn zu fassen kriege«, murmelte der Magier böse und ging dann mit gesenktem Kopf weiter nach unten.

Alak und Azur verharrten noch eine Weile bewegungslos und mit klopfendem Herzen in ihrer Position, doch offenbar lief niemand hinter ihm. Die Nurqus waren sicher oben im Raum geblieben, um auf die Apparatur aufzupassen.

»War das dein Blut«, fragte Azur.

»Ja«, sagte Alak, »ist aber nicht weiter schlimm. Einen Moment lang war ich sicher, dass er uns gesehen hat«, flüsterte Alak.

»Das dachte ich auch«, flüsterte Azur zurück.

Die beiden Freunde sahen sich an und lächelten erleichtert.

»Hast du herausgefunden, wo Ilke ist?«, fragte Alak hoffnungsvoll.

Der Meermann schüttelte jedoch den Kopf.

»Ich war gerade dabei, die Kellerräume zu durchsuchen, als ich die Explosion gehört habe. Na ja, und da dachte ich mir, dass ich vielleicht mal nachschauen sollte, ob du wieder irgendwelchen Unsinn anstellst.« Er grinste breit.

»Das war ein Blitz, der eingeschlagen hat«, erklärte Alak ernst.

»Aber wie bist du überhaupt in das Turmzimmer hereingekommen?« Der Meermann sah ihn verwundert an.

»Das erzähle ich dir später«, drängte Alak. »Jetzt müssen wir Ilke finden, bevor es zu spät ist.«

Azur nickte.

Das Auge des Parados

Als Ilke erwachte, war sie vollkommen durcheinander. Sie fasste sich an den Kopf. Der Raum, in dem sie sich befand, drehte sich wie wild um sie. Stöhnend blieb sie auf dem Rücken liegen und blickte unsicher zur Decke. Nach und nach wurde das Klopfen in ihrem Kopf leiser und verebbte dann ganz. Auch die Zimmerdecke bewegte sich nicht mehr.

Nachdem sie tief durchgeatmet hatte, sah Ilke sich um. Sie lag auf einem fein säuberlich gemachten Bett zwischen weichen Kissen und dicken Decken. Sie setzte sich auf. Obwohl der Raum taghell erleuchtet war, gab es hier kein einziges Fenster, und hinaus gelangte man nur durch eine große Eisentür. Nachdenklich setzte Ilke die Füße auf den Boden und blieb einen Augenblick auf der Bettkante sitzen, um sich zu sammeln. Dann erhob sie sich und ging zur Tür. Erst versuchte sie es vorsichtig, dann rüttelte das Elfenmädchen immer heftiger – aber wie bereits vermutet, war sie eingeschlossen. Ilke gab der Tür einen kräftigen Tritt und wollte gerade zum Bett zurückgehen, als sie einen Schlüssel hörte, der sich von außen im Schloss drehte. Quietschend sprang die Tür auf, und Tarkan stand lächelnd vor ihr.

»Na, hast du gut geschlafen?«, fragte er.

Ilke antwortete nicht. Stattdessen rannte sie zu ihrem Bett und setzte sich mit dem Rücken zur Wand auf die Matratze. So konnte sich niemand von hinten an sie heranschleichen, und sie konnte jede kleinste Bewegung von Tarkan wahrnehmen.

Mit drei schnellen Schritten trat er zu ihr. »Ich habe etwas, was ich dir zeigen möchte …«, begann er, doch Ilke sah trotzig weg.

Tarkans Blick verdunkelte sich. »… Ob du nun willst oder nicht«, flüsterte er drohend.

Unwillkürlich kroch Ilke ein Schreckensschauer über den Rücken und den Nacken hoch.

Tarkan drehte sich um und ging zur Tür.

»Kommst du freiwillig … oder soll ich einen meiner Diener schicken, damit er dich holt?«, fragte der Magier hämisch.

Ilke erhob sich langsam vom Bett.

»So ist es gut«, murmelte Tarkan beifällig und ging voraus.

Das Elfenmädchen folgte ihm in sicherem Abstand zwei steile Treppen empor und in einen großen, erleuchteten Raum hinein.

Tarkan schritt eilig auf eine große Tür am

anderen Ende des Saales zu und öffnete sie. Wind fegte herein, und der Regen spritzte in großen Tropfen auf den Fußboden.

Triumphierend wandte Tarkan sich zu Ilke um. »Das ist die Tür in eine andere Welt«, sagte er und lächelte.

Ilke bekam es mit der Angst zu tun: Hatte er womöglich vor, sie den Turm hinunterzuwerfen?

Demonstrativ lehnte Tarkan sich hinaus. »Puh, wir sind ganz schön weit oben«, lachte er dann. »Von hier aus kann man kaum den Erdboden erkennen.«

Jetzt oder nie, dachte Ilke und lief, einer spontanen Eingebung folgend, auf den Magier zu, um ihn hinunterzustoßen.

Leider war sie einen Herzschlag zu spät, denn Tarkan musste ihre Gedanken gelesen haben und drehte sich wutentbrannt zu ihr um. Seine Augen glühten schwarz. Mit einer schnellen Handbewegung sandte er magische Kräfte auf Ilke, die mit voller Wucht nach hinten geschleudert wurde.

»Wann lernst du es denn endlich!?«, brüllte er und ging zu ihr. »Ich hasse es, wenn ich alles mehrfach erklären muss!«

Er hob noch einmal seine Hand, und Ilke wurde wieder gegen die Wand geschleudert.

Nach dem Aufprall blieb sie stöhnend am Boden liegen und rührte sich nicht mehr.

»Habe ich dir letztes Mal nicht klar und deutlich gesagt, dass mit mir nicht zu spaßen ist?«, donnerte er.

»Ja …«

Tarkan ging auf Ilke zu, hockte sich vor sie hin und legte den Kopf auf die Seite. »Ich möchte nichts lieber, als dass du und ich uns verstehen«, sagte er sanft. »Ich möchte gern dein Freund sein. Aber damit ich das sein kann, musst du mir mehr Respekt erweisen. Verstehst du das?«

Ilke nickte. Ihr gesamter Körper schmerzte, und sie schmeckte Blut im Mund. Das war nicht der Tarkan, den sie im Dorf der Aharams getroffen hatten. Damals hatte er ihr auch Angst gemacht, doch nun … Nun wollte er auch ihr Freund sein. Was sollte das? Vor allem machte ihr das jedoch noch mehr Angst.

Tarkan ließ die Tür offen stehen, ging aus dem Raum und kam mit einer Metallstange zurück, die er senkrecht auf den Boden stellte.

Ilke betrachtete das seltsame Stück genau. Am oberen Ende der Stange war eine Schale befestigt, die wie eine Kralle aussah.

Jetzt holte Tarkan eine kleine Edelsteinkugel aus einem Kästchen, das er in seinem Umhang gehabt hatte. »Dies«, sagte er, »ist der Schlüssel für eine neue Zeit. Eine Zeit, in der die Zauberer wieder über Aldra herrschen werden.«

Ilke starrte auf die Edelsteinkugel, die plötzlich heftig zu pulsieren begann. Gleichzeitig bemerkte sie, wie die Meilenzeichen um den Türrahmen herum zu leuchten begannen und wie die Dunkelheit draußen taghell geworden war.

Tarkan legte die Kugel rasch in die Schale am Ende der Stange.

»In dieser Kugel steckt Magie. Eine mächtige Zauberkraft«, lächelte er. »Wenn ich sie noch länger hätte halten müssen, hätte mich die Kraft in ihr zerstört.«

Ilke blickte den Magier verwundert an: Warum erzählte er ihr all das?

»Einmal, vor langer Zeit, liebte ich eine Frau«, erzählte Tarkan versonnen. »Sie war eine Elfe, genau wie du.«

Ilke erschauderte. »Ich bin aber erst elf Jahre alt«, flüsterte sie.

Tarkan sah sie irritiert an. Dann verengten sich seine Augen zu Schlitzen. »Ich glaube nicht, dass du verstehst«, sagte er. »Amyrst war fünfzehn, als sie mich heiratete. Leider gebar sie in der Zeit, in der sie mit mir zusammenlebte, keine Kinder. Erst ein Jahr nachdem König Weha mich aus Aldra gejagt hatte, kam unsere Tochter auf die Welt. Und du hast ihre Augen …«

Ilke erschauderte: Was versuchte Tarkan ihr zu sagen? Glaubte er allen Ernstes, dass sie ihn womöglich lieb gewinnen könnte? Niemals!, schoss es ihr durch den Kopf.

»Ich möchte niemandem von euch etwas zuleide tun, weder dir noch deinem Bruder«, erklärte Tarkan leise. »Ihr dürft mir bloß nicht in die Quere kommen. Ihr wisst ja, dass die Prophezeiung besagt, dass ihr mich in der Schlacht bei Gredom töten werdet. Aber wisst ihr auch, dass es noch eine andere Prophezeiung gibt? Eine, die viel, viel älter ist? Sie wurde von meinem Meister, dem mächtigen Zauberer Scherpa, niedergeschrieben. Er war der Erste, der aus der Welt der Menschen hierherkam und sich hier niederließ.«

»Ich verstehe nicht, was du willst«, sagte Ilke.

Tarkan schüttelte ungeduldig den Kopf. »Du bist ein Kind, du denkst wie ein Kind und du verstehst wie ein Kind: alles nur halb und nie ganz richtig«, seufzte der Magier. »Was ich in deinen Schädel hineinzubekommen versuche, ist, dass ihr verloren seid. Es wird keine

Schlacht bei Gredom geben, und deshalb werdet ihr mich auch nicht töten können. Ist das so schwer zu begreifen?«

Ilke schwieg; sie wusste, dass sie jetzt vorsichtig sein musste. Tarkan war nicht nur boshaft, er war krank.

»Ich biete euch an, dass ich euch am Leben lasse«, sagte Tarkan. »Ihr könnt von mir bekommen, was ihr wollt: Macht, Reichtum … sucht euch etwas aus!«

»Kannst du uns Liebe schenken?«, fragte Ilke wütend.

Tarkan musterte sie herausfordernd. »Ich kann euch etwas schenken, was schlimmer ist als Liebe«, sagte er leise. »Ich kann euch den Hass schenken!«

Dann kam er mit erhobenem Arm auf sie zu. Ilke duckte sich und zog die Knie ans Kinn.

Plötzlich spritzten Wasser und Mauerputz über den Fußboden. Verwirrt starrten Tarkan und Ilke auf die feuchte Stelle und beobachteten, wie Alak sich aus der Wand herausdrückte. Unsanft stieß er Tarkan in die Seite. So unsanft, dass der Magier das Gleichgewicht verlor und zu Boden stürzte.

Schäumend vor Wut rappelte Tarkan sich auf. Seine Augen blitzten, als er Alak und

Azur entdeckte, die Ilke in ihre Mitte genommen hatten und ihn drohend anblickten.

Azur steckte bereits wieder zur Hälfte in der Wand und wollte Ilke gerade mit sich hineinziehen, als Tarkan beide Hände hob und ein blaues Licht im Raum explodierte.

Azur schrie auf.

»Du hast also einen Halbling bei dir, wie ich sehe«, höhnte Tarkan und sah Ilke herausfordernd an. »Halb Meermann und halb nichts.«

Alak schaute Azur erschrocken an, und langsam schien er zu verstehen. »Was hast du mit ihm gemacht?«, schrie er Tarkan an. »Hast du ihn getötet?«

»Wenn ich geahnt hätte, dass ihr euch beide durch die Mauern bewegt, hätte ich das schon lange getan«, sagte Tarkan.

»Er lebt«, sagte Ilke erleichtert zu Alak und hielt Azurs Kopf an sich gedrückt.

»Nicht mehr lange«, knurrte Tarkan und hob wieder den Arm.

Alak warf sich brüllend auf ihn und riss den Magier zu Boden. Mit Tarkans Sturz verschwand auch das blaue Licht, das Tarkan gegen die Wand geworfen hatte.

Azur fiel stöhnend aus der Wand. Ilke fing ihn auf und stützte den Meermann.

Bevor Tarkan wieder zu sich gekommen

war, hatte Alak bereits die Edelsteinkugel ergriffen, die am Ende der Stange pulsierte.

»Halt! Nicht anfassen!«, rief Tarkan.

Und auch Ilke schrie vor Schreck auf. »Fass sie nicht an! Das ist das Auge des Parados!«, rief sie.

Alak erschrak so sehr, dass er nicht in der Lage war, Ilkes Bitte zu folgen. Mit großen Augen starrte er seine Schwester an, dann die Kugel in seiner Hand. Er war wie gelähmt.

»Brennt sie nicht in deiner Hand?«, Tarkan erhob sich und schaute Alak verwundert an. Dann ging er einen Schritt auf den Elfenjungen zu.

»Bleib, wo du bist, sonst werfe ich sie auf den Boden!«, rief Alak geistesgegenwärtig und riss den Edelstein nach oben.

Tarkan blieb stehen und wiegte den Kopf. »Deshalb konnte ich den Schlag, den du mir im Dorf der Aharams verpasst hast, also nicht aufhalten«, murmelte der Magier. »Du bist gegen Zauberei immun. Du bist ein merkwürdiger Junge.« Er lächelte. »Ich hätte dich gern dabeigehabt, wenn ich Aldra erobere.«

»Aldra wird niemals dir gehören«, fuhr Alak ihn an.

»Es hat mir bereits einmal gehört«, sagte Tarkan ruhig. »Und ob du es willst oder nicht:

Eines Tages werde ich wieder dort herrschen.«

»Du hast Aldra nie regiert«, höhnte Alak. »Du bist nur ein Gedanke – und nicht einmal dein eigener. Du tust mir leid, nicht mehr und nicht weniger. So, aber jetzt müssen wir weiter. Und das Auge des Parados nehmen wir mit.«

Tarkan lächelte bitter. »Ihr kommt nicht weit!«, sagte er. »Schaut euch doch um: Ihr seid gefangen!«

»Geht's mit Azur?«, fragte Alak.

Ilke wollte gerade antworten, doch Azur kam ihr zuvor.

»Es geht!«, flüsterte er und erhob sich auf seine wackeligen Beine.

Tarkan lächelte höhnisch.

»Wenn ihr denkt, dass ihr durch die Mauern entkommen könnt, dann liegt ihr falsch«, zischte er.

»Hast du schon vergessen, wem dies hier jetzt gehört?« Alak hielt die glänzende Kugel hoch.

»Ich zerschlage eher alle beide von euch, als dass ich dich mit ihr entkommen lasse«, schrie Tarkan und grinste plötzlich boshaft. »Außerdem kannst du sie nicht mit durch die Wand nehmen. Ich bin zwar kein Terraqu, aber so viel weiß ich«, sagte er und blickte den Meermann verächtlich an. »Du kannst das Auge des Parados nicht mit dir nehmen.«

Alak schaute zu Azur, der zur Bestätigung nickte.

»Du weißt, wo Scha-Ra ist, oder?«, sagte Alak zu Azur. »Ich möchte, dass du zu Scha-Ra gehst und ihm alles berichtest.«

Azur sah aus, als ob er nicht verstand, was Alak da gerade gesagt hatte. Doch der Elfenjunge schien es ernst zu meinen.

»Geh jetzt!«, kommandierte Alak.

Der Meeresmann stemmte die Hände gegen die Wand und verschwand.

»Du glaubst, du bist pfiffig«, lächelte Tarkan. »Doch bist du dir sicher, dass dein Freund Scha-Ra finden wird? Was ist, wenn der alte Zauberer bereits tot ist?«

»Wenn du etwas weißt, dann kannst du es sagen, anstatt uns so viele alberne Fragen zu stellen!«, zischte Ilke ihm wütend zu.

Tarkan lächelte. »Was ich weiß, spielt keine Rolle. Aber eines steht fest: Scha-Ra wird euch nicht retten! Darauf könnt ihr euch verlassen. Wie viel Zeit, glaubt ihr, wird der Terraqu brauchen, um herauszufinden, dass die Situation hoffnungslos ist? Habt ihr vor, hier so lange sitzen zu bleiben? Das ist für mich in Ordnung, ich habe viel Zeit.«

»Komm her, Ilke!«, sagte Alak.

Tarkan stieß ein heiseres Lachen aus. »Du hättest mit deinem Terraqu-Freund mitgehen sollen«, sagte er und folgte Ilke, als sie zu Alak ging, mit seinen Blicken.

»Wir haben den Edelstein«, sagte sie. Und zu Alak gewandt flüsterte sie: »Was hast du vor?«

»Wenn ich dir ein Zeichen gebe, machst du genau das, was ich auch tue«, flüsterte er zurück und nahm ihre Hand. »Du darfst aber keine Sekunde zögern. Sonst sind wir tot …«

»Was flüstert ihr da?«, unterbrach Tarkan die Kinder.

Ilke sah Alak ernst an und nickte. »Ich bin bereit«, flüsterte sie und drückte seine Hand.

Sie spürte einen gewaltigen Ruck am Arm, als Alak sie mit sich riss und durch die leuchtende Tür sprang. Hinter ihnen explodierte der Raum im Licht, und ehe Tarkan sich dessen versah, hatten die pulsierenden Meilenzeichen über dem Türstock aufgehört zu leuchten.

Draußen regnete es, und der Wind wehte kalt durch die offene Tür herein.

Alak und Ilke prallten gegen eine harte, kalte Wand.

»Ist alles in Ordnung?«, fragte Alak besorgt.

Bevor Ilke ihm jedoch antworten konnte,

warf sich eine Gestalt über sie und riss die Elfenkinder zu Boden. »Bleibt unten!«, schrie sie panisch.

Den Bruchteil einer Sekunde später begriffen Ilke und Alak auch, warum sie sich nicht rühren sollten: Ein kreischendes Geräusch von Metall gegen Metall war zu hören, und schon sprühte ein gewaltiger Funkenregen über sie hinweg.

Ilke schrie lauthals auf, als eine riesige Maschine nur ein paar Zentimeter entfernt über ihnen dahindonnerte und dann in der Dunkelheit verschwand. Die Zwillinge sahen nur noch ihre beiden roten Augen.

Die unbekannte Gestalt, die sie gegen den Boden gedrückt hatte, erhob sich und ging wütend ein paar Schritte zurück. »Ihr Idioten!«, schrie sie den Kindern zu. »Habt ihr die U-Bahn nicht kommen hören?«

Alak und Ilke sahen den Jungen verdattert an.

Der ging seiner Wege und schüttelte verständnislos den Kopf. »Idioten«, murmelte er vor sich hin.

»Warte!«, rief Alak ihm hinterher und rappelte sich auf.

Der Junge drehte sich langsam um und blickte die beiden Elfenkinder neugierig an.

Alak schluckte. »Wo sind wir?«, fragte er verwirrt.

Der Junge begann zu lachen und ging weiter. »Willkommen auf dem Planeten Erde!«, sagte er dann spöttisch und zwinkerte den beiden zu.

»Erde?«, fragte Alak verdattert.

»Tarkan hat gesagt, dass das die Tür zu einer anderen Welt sei«, flüsterte Ilke ihrem Bruder zu. »Er hat nur nicht gesagt, zu welcher Welt.«

Alak schaute sie lange an. »Ich hoffe nur, es gelingt Scha-Ra, uns zu finden.«

»Das hoffe ich auch«, sagte Ilke leise.

»Wenn es jemanden gibt, der uns hier finden kann, dann ist es Scha-Ra«, beruhigte Alak sie leise.

Kar
A
Senecca-Ebene
Hisch
Frostreich
Schahm
Frühlingsreich
Zuhl
Sommerreich
Gruhl
Herbstreich
Akéres-Tal
Himmels-
monolith
Aker
Balam
Schihkzer
der brennende Stein
Zheher
Hebal-Gebirge
Santor-Gebirge
Hártókakk
Ahuya
Nem-fih
Jihdra
Chur-See
Mihraschaha
Werdad
Zheher-Wald
Mohabschakk
Stabiac
Jelda
Viga-Ljot
Merwihl-Gebirge
Edalüs
Letharta
Meka
der brennende Fluss
Greschih-Pass
Chanihsa
Alam-Al-Mitz
Ipsion
Lethara
Gebirgspass Ughih
Efraiber-Quelle
Lupusta
San-Alabar
Parsihn-Ebene
Ras-
Gebirgspass Ugh
Vihada-Ebe
Arugh-Gebirge

Hebakk-Gebirge
Schihlk-Steppe
Kihldikk
Gredom-Ebene
Monaga
Pülk-See
Wehmlada-Ebene
El-Elem
Organon
Jarda
Emblaz
Dynamis
Megihddah-Oase
Wuste Hada
Efanthiada
Eharat
Banhür
Schlangenkrater
Bühr
Ulder
Orti
Fuhr
Keh
Perlenketten-Inseln
Tehr
Mah
Mihr
N

Fühl
Dich
BRAVO